P.17 - 18   P.20

P.19.

P.32 (VIRGI

P.33 (DANTE

P.37   P.44

P.40   P.47 (?)

(P.46)   P.49

R62   P.51

P.50 (?)

P.55   P.74.

                  P.89.

P.92 / P.94 / P.97 / P.54 ANALISSI.

CW01560550

Álvaro Mutis (Bogotá 1923-Città del Messico 2013) fu autore di una ricchissima opera in versi – raccolta nel volume *Summa di Maqroll Il Gabbiere (Antologia poetica 1948-1988)*, del 1990 –, ma la sua notorietà è legata soprattutto alla trilogia delle «Empresas y tribulaciones de Maqroll El Gaviero», che comprende *La Neve dell'Ammiraglio* (1986), *Ilona arriva con la pioggia* (1987) e *Un bel morir* (1988); trilogia poi mutatasi in ciclo con *Amirbar* (1990), *Abdul Bashur sognatore di navi* (1991) e *Trittico di mare e di terra* (1993). *L'ultimo scalo del Tramp Steamer* è apparso per la prima volta nel 1988. Di Mutis Adelphi ha pubblicato anche *La casa di Araucaíma* (1997).

Álvaro Mutis

L'ultimo scalo
del Tramp Steamer

TRADUZIONE DI GABRIELLA BONETTA

ADELPHI EDIZIONI

TITOLO ORIGINALE:

La última escala del Tramp Steamer

© 1988 ÁLVARO MUTIS

© 1991 ADELPHI EDIZIONI S.P.A. MILANO

WWW.ADELPHI.IT

ISBN 978-88-459-1313-6

Anno										Edizione
2017	2016	2015	2014	6	7	8	9	10	11	12

L'ULTIMO SCALO
DEL TRAMP STEAMER

A G.G.M., questa storia che da tempo desideravo raccontargli – ma il fragore della vita non l'ha permesso.

...e un odore e un rumore di bastimento vecchio,
di legni imputriditi e ferraglie avariate,
e di macchine stanche, ululanti e piangenti,
che spingendo la prua, pestando le fiancate,
ruminando lamenti, e ingoiando distanze su distanze,
con uno stridore di acque agre sopra le acque agre,
muovono sopra le vecchie acque il vecchio bastimento.

PABLO NERUDA,
El Fantasma del buque de carga
(*Residencia en la Tierra, I*)

Sempre con la speranza di raggiungere il mare,
viaggiavan senza pane, senza verghe né urne,
addentando l'aureo limone dell'ideale amaro.

STÉPHANE MALLARMÉ, *Le Guignon*

Ci sono tanti modi di raccontare questa storia – quanti ne esistono per narrare anche l'episodio più insignificante della vita di chiunque di noi. Potrei cominciare da quello che per me è stato l'epilogo·della vicenda ma, per un altro protagonista dei fatti, non fu forse che l'inizio. Per non parlare della terza persona coinvolta negli eventi che cercherò di riferirvi, la quale, di ciò che visse allora, non saprebbe distinguere l'inizio dalla fine. Ho scelto dunque di raccontare quello che è successo in base alla mia esperienza personale, e seguendo la cronologia che mi è toccata in sorte. Può darsi che non sia il modo più interessante di apprendere una storia d'amore così singolare. Da quando l'ho sentita, ho sempre avuto la ferma intenzione di raccontarla a uno che, nell'arte di narrare le cose che succedono alla gente, si è rivelato un maestro. Perciò, ora che la scrivo per lui – giacché non ho potuto raccontargliela –, preferisco farlo nel modo più diretto e scorrevole, senza avventurarmi in strade, scorciatoie e meandri che non domino, e quindi sconsigliabili soprattutto in questo caso. Speriamo che la mia scarsa perizia non disperda l'incanto, il raro e doloroso fascino di amori non meno effimeri e disperati delle inesauribili leggende che da tanti secoli ci avvincono: da Piramo e Tisbe fino a Marcel e Albertine, passando per Tristano e Isotta.

Quel che sto per raccontare l'ho appreso dalla viva voce del protagonista: non ho dunque altra scelta che cimentarmi io stesso, con i miei modesti mezzi, nell'impresa di metterlo per iscritto. Avrei preferito che altri, più dotato, lo facesse: non è stato possibile. I giorni frenetici e chiassosi della nostra vita non l'hanno consentito. Una simile premessa non varrà certo a esimermi dal severo giudizio dei miei improbabili lettori: la critica si occuperà, come è suo costume, di fare il resto, riconsegnando all'oblio queste righe così lontane dal gusto dominante ai nostri giorni.

Dovetti partire per Helsinki, dove avrei partecipato a una riunione di esperti in pubblicazioni interne delle compagnie petrolifere. Ci andavo, a dire il vero, assai di malavoglia. Era la fine di novembre, e per la capitale finlandese le previsioni del tempo erano fosche. Conoscitore e ammiratore sia della musica di Sibelius, sia di alcune pagine indimenticabili del più dimenticato dei premi Nobel, Franz Emil Sillanpaa, trovavo in me ragioni sufficienti ad alimentare la mia curiosità di conoscere la Finlandia. Mi avevano anche detto che dall'estremità più avanzata della penisola di Vironniemi si riusciva a vedere, nei giorni senza bruma, la mirifica apparizione di San Pietroburgo, con le cupole dorate delle sue chiese e l'imponente splendore dei suoi palazzi. Tanto mi bastava per decidermi ad affrontare la terribile prospettiva di un inverno come mai prima ne avevo patiti. In effetti Helsinki giaceva come paralizzata dentro un cristallo traslucido e inviolabile, a quaranta gradi sotto zero. Ogni mattone dei suoi edifici, ogni angolo delle cancellate dei suoi parchi sepolti sotto una neve di marmo, ogni particolare dei suoi monumenti pubblici si stagliava con una nitidezza incisiva, quasi intollerabile. Percorrere le strade della città era un'impresa che comportava rischi mortali, ma riservava inquietanti ricompense estetiche. Quando accennai ai colleghi del congresso che avevo intenzione di spingermi fino all'estremità orientale del porto per scorgere da lì la capitale di Pietro il Grande, tutti mi guardarono come un insensato promesso a morte sicura. Durante una cena ufficiale un collega finlandese, con cortesia non esente da una certa cautela, tenuto conto della delirante dismisura del mio proposito, mi mise in guardia contro i pericoli che avrei dovuto affrontare. «In quel luogo» mi spiegò «il vento galoppa trasformando in blocchi di ghiaccio tutti gli ostacoli che incontra sulla sua strada. Qualsiasi cappotto, per caldo e pesante che sia, non serve a niente in questo caso». Gli chiesi se in un giorno di calma, di quelli tanto rari in cui fa la sua apparizione un sole effimero ma sfolgorante, sarei riuscito ad appagare il mio sogno di vedere, anche se solo da lontano, la Venezia del Nord. Ammise che sarebbe stato possibile, purché avessi potuto disporre di un mezzo pronto a riportarmi in albergo appena il tempo si guastasse, cosa che in quel periodo poteva verificarsi nel giro di pochi minuti. I rappresentanti della mia compagnia in Finlandia si assunsero l'incarico di procurarmi la macchina e di avvertirmi col necessario anticipo dell'imminenza di un giorno di sole.

L'occasione si presentò molto prima di quanto sperassi. Due giorni dopo ricevetti una telefonata. Mi annunciava che l'indomani sarebbero passati a prendermi per accompagnarmi al porto. I meteorologi dell'azienda garantivano tre ore di sole senza un filo di nebbia. Con puntualità esemplare l'auto mi prelevò il giorno dopo sulla porta dell'albergo. Ci lanciammo lungo il viale che circonda parte della città e conduce in periferia fino alla zona dei moli. L'autista non parlava altra lingua che il finnico. Neanche le quattro parole del mio svedese stentato mi servirono a comunicare con lui. Del resto, non avevo molto da dire a quell'auriga uscito dalle pagine del *Kalevala*. Il tragitto, che avevo immaginato più lungo, durò venti minuti scarsi. Quando scesi dall'auto, lo spettacolo mi mozzò il fiato. La trasparenza dell'aria era assoluta. Ogni gru dei moli, ogni giunco della riva, ogni imbarcazione che solcava, in un silenzio irreale, le acque immobili della baia aveva una presenza così netta da darmi l'impressione che il mondo fosse stato appena inaugurato. Sullo sfondo, con la stessa nitidezza, a una vicinanza inconcepibile, si stagliava la città costruita da Pietro Romanov per soddisfare il suo delirio di autocrate geniale, e il suo sordido piano di astuto discendente di Ivan il Terribile. I bianchi edifici e le sfavillanti cupole delle chiese, i moli di granito color sangue, i deliziosi ponti in stile italiano che attraversano i canali – tutto mi sembrava a portata di mano. L'immensa bandiera rossa che ondeggiava sulla facciata dell'Ammiragliato mi riportava a un presente la cui logora insensatezza risultava impensabile in quel momento e in quello scenario, strabiliante per la perfezione delle proporzioni e la trasparenza di un'aria d'altro mondo. Mi sedetti sul bordo del parapetto di granito che proteggeva il nastro d'asfalto e, con i piedi penzoloni sullo specchio d'acciaio delle acque, rimasi estasiato nella contemplazione di un miracolo che ero sicuro non si sarebbe mai più ripetuto nella mia vita. Fu allora che, per la prima volta, mi apparve il Tramp Steamer, personaggio di non secondaria importanza nella storia di cui ci occupiamo. Con questa espressione, come è noto, si definiscono i mercantili di scarso tonnellaggio, non appartenenti alle grandi compagnie di navigazione, che viaggiano di porto in porto cercando carichi occasionali da trasportare dove che sia. E così tirano a campare, trascinando la loro sagoma malconcia assai più a lungo di quanto potrebbero far prevedere le loro precarie condizioni.

Entrò all'improvviso nel mio campo visivo, con la lentezza di un sauro ferito a morte. Non potevo credere ai miei occhi. Con la splendente meraviglia di San Pietroburgo sullo sfondo, il povero cargo stava invadendo lo spazio con le sue fiancate cosparse fino alla linea di galleggiamento di tracce untuose di ossido e di sporcizia. Il ponte di comando e, in coperta, la fila delle cabine destinate all'equipaggio e ad occasionali passeggeri, erano stati verniciati di bianco in tempi molto remoti. Ora uno strato di sudiciume, di olio e di ruggine dava loro un colore indefinibile: il colore della miseria, della decadenza irreparabile, di un logorio disperato e incessante. Scivolava, irreale, con l'ansimare agonico delle sue macchine e il ritmo sconnesso delle sue bielle che, da un momento all'altro, minacciavano di tacere per sempre. Occupava ormai il primo piano nello spettacolo irreale e sereno che mi avvinceva, e il mio stupore diventò qualcosa di molto difficile da precisare. C'era, in quell'errabondo relitto marino, una sorta di testimonianza del nostro destino sulla terra. Un *pulvis eris* che appariva più eloquente e ineluttabile su quelle acque di lucido metallo, con in fondo la candida e dorata annunciazione della capitale degli ultimi zar. Accanto a me si ergeva il profilo svelto degli edifici e dei moli della riva finlandese. In quell'istante cominciò a nascermi dentro una calda, solidale simpatia per il Tramp Steamer. Lo sentii come un fratello sventurato, vittima dell'incuria e dell'avidità degli uomini, a cui rispondeva con la volontà ostinata di continuare a tracciare su tutti i mari la scia opaca delle sue pene. Lo vidi allontanarsi verso l'interno della baia alla ricerca di un molo discreto a cui attraccare senza troppe manovre, e forse con la minima spesa. A poppa penzolava la bandiera dell'Honduras. Del nome, cancellato dall'azione delle onde, si intravedevano appena le ultime lettere: ...*ción*. Non era improbabile che, per un'ironia che suonava come una beffa, il nome di quel vecchio cargo fosse *Alción*. Sotto la scritta mutilata si riusciva a leggere, non senza difficoltà, il luogo di immatricolazione: Puerto Cortés. La mia pur limitata esperienza di cose marinare, nonché della gretta e inestricabile rete di quei traffici, mi bastò tuttavia per non fare sciocche considerazioni sui contrasti generati dall'apparizione di quello sventurato mercantile dei Caraibi nel bel mezzo di uno dei più negletti e armoniosi panorami dell'Europa settentrionale. Il cargo honduregno mi aveva riportato nel mio mondo, al centro dei miei ricordi più essenziali: ormai non mi restava più niente da fare lì, sull'estremo sperone della penisola di Vironniemi. Per fortuna l'auriga che assomigliava a Lemminkäinen si avvicinò per indicarmi il cielo, nel quale si stavano ammassando, con rapidità vertiginosa, nubi plumbee annunciatrici di una imminente variazione di temperatura. Rientrato in albergo, i colleghi mi interrogarono sull'esperienza di cui avevo tanto parlato e da cui tanto mi aspettavo. Me la cavai con poche parole convenzionali e anodine. Il Tramp Steamer mi aveva proiettato in una realtà così estranea a quel presente scandinavo e baltico, che era meglio tacere. Per la verità c'era poco da dire. Lì, almeno.

Spesso la vita impone certi regolamenti di conti che non è consigliabile ignorare: una sorta di bilancio che essa presenta a ciascuno di noi perché non si smarrisca nel mondo dei sogni e della fantasia, e sappia tornare alla calda sequenza quotidiana del tempo in cui realmente si compie il nostro destino. Ricevetti questa lezione poco più di un anno dopo la mia visita in Finlandia e l'incontro che avevo fatto laggiù, incontro che si era incorporato alla ricorrente e inesorabile materia dei miei incubi. Ero in Costa Rica come addetto stampa di una commissione di tecnici di Toronto che realizzavano uno studio per la costruzione di un oleodotto, non ricordo più da quale porto verso l'interno. Un paio di amici che mi ero fatto in una movimentata sessione itinerante di alcol fra cabaret dalla fama più che dubbia, mi avevano invitato a San José per una gita in barca nella baia di Nicoya, a Punta Arenas. Accettai, felice di sfuggire alla conversazione insulsa dei miei colleghi di lavoro e alle interminabili rievocazioni delle loro imprese al golf, argomento che provoca in me una immediata reazione di nausea. Uno degli amici che mi avevano invitato, un certo Marco, con il quale ricordavo di aver condiviso la notte precedente non poche teorie sull'alcol e i suoi effetti nei diversi campi del comportamento, passò a prendermi in macchina. In poco più di un'ora saremmo stati a Punta Arenas. Il proprietario dello yacht ci aspettava insieme alla moglie, che avrebbe anche lei preso parte alla gita. Qualcosa nelle parole di Marco mi fece pensare che fosse al corrente di altri particolari, e li tenesse per sé, forse per farmi una sorpresa. Trattenni la curiosità e occupammo il resto del tragitto evocando il nostro *non sanctus* periplo della notte precedente. A Punta Arenas rividi le acque del Pacifico, sempre grigie e sempre sul punto di cambiare umore: uguali identiche da Valparaíso a Vancouver. Faceva un caldo intenso e umido che mi distese i nervi e mi dispose a gustare pienamente l'escursione in mare sulla quale mi ero fatto parecchie illusioni – non del tutto infondate, come ebbi poi a constatare. La casa del proprietario dello yacht aveva quell'aspetto fra diroccato e accogliente così comune sulle coste dei nostri paesi. Il mobilio eteroclito era stato chiaramente racimolato ricorrendo agli scarti delle case di famiglia a San José. Il frigorifero era pieno di birre, di scatolette di caviale e di quegli immancabili involtini di foglie di banano che, sotto il nome di *tamales*, comprendono varietà innumerevoli ma tutte ugualmente immangiabili di pasta di mais ripiena di non si sa mai quale pericoloso ingrediente, dalla carne di armadillo a quella di tacchino selvatico. Un po' alla volta portammo tutto sullo yacht, la cui imponente presenza riusciva a fare ombra fino nei cortili della casa. A un cenno del proprietario salimmo la scaletta, dalla quale poi ci fece scendere in coperta un negro gigantesco e sorridente i cui brevi commenti indicavano un'intelligenza vivacissima e un impareggiabile senso dello humour. Aiutato da lui, il proprietario accese i motori. Ad un tratto, delle grida di donna – «Arrivo, arrivo! Aspettatemi, cazzo!» – attirarono il nostro sguardo verso il fondo della casa. Da lì correva verso di noi una donna che indossava uno dei bikini più succinti che io ricordi. Era alta, con le spalle piuttosto larghe e le gambe lunghe, agili, che finivano in cosce affusolate e sode. Il viso aveva quella bellezza, convenzionale ma indiscutibile, dovuta a un trucco sapiente e a lineamenti regolari anche se privi di un fascino particolare. Più si avvicinava alla barca e più appariva evidente la perfezione di quel corpo dalla giovinezza quasi aggressiva. Le correva dietro un bambino di sei o sette anni. Saltarono sullo yacht con agilità da gazzelle. Lei salutò, fra sorridente e affannata, e costrinse il figlio a fare altrettanto. «Se mi aveste lasciata a terra sareste morti di fame, coglioni! Solo io so dove sono i viveri e in che ordine vanno serviti». Rideva, esultante, mentre il marito, aggrottando lievemente la fronte, fingeva di occuparsi del quadro di comando. Poi a bassa voce ordinò qualcosa al timoniere e, senza fare alcun commento, uscì in coperta a prua. Si sedette sul parapetto di tribordo e cominciò a sparare con una calibro quarantacinque agli albatros che volavano sopra di noi. La tensione nella coppia si accentuava con evidenza assai fastidiosa al ritmo degli spari, nessuno dei quali peraltro centrava il bersaglio, riuscendo solo a rintronarci le orecchie e a rendere più difficile il dialogo. «Non preoccupatevi,» commentò lei senza smettere di sorridere «quando avrà esaurito le munizioni ci lascerà in pace. Cosa prendete? Una birretta contro il caldo o qualcosina di più forte?». Sulla bocca delle costaricane, questi diminutivi hanno sempre avuto il potere di allarmarmi, gettandomi in uno stato di sonnambulismo inquieto, come il più impacciato degli adolescenti. Decidemmo di aiutarla a preparare del *gin and tonic*. Passava tra noi porgendo un bicchiere a ciascuno, ed era come se *la urgente Afrodita de oro* evocata da Borges si accostasse a benedirci. Nonostante quella bellezza che si muoveva con olimpica disinvoltura alla portata dei nostri sensi, la conversazione riuscì finalmente a prendere un corso naturale e fluido. Il bambino cominciava ad avere il mal di mare, e la madre gli prodigava attenzioni che mi sembrarono un tantino esagerate. Era come se in quel modo cercasse di compensare la sua presumibile parte di colpa nella crisi, evidente, del suo matrimonio. Giunti all'ingresso della baia, ormeggiammo davanti a un'isoletta e lì ci fu servito il pranzo: un'aragosta memorabile, innaffiata da un bianco renano di Napa Valley un po' meno prestigioso.

In disparte, a più riprese, Marco mi raccontò che quella coppia stava per sfasciarsi. Il proprietario dello yacht, erede di un'immensa fortuna, lavorava tutto il giorno come uno schiavo agli ordini del padre, un asturiano implacabile. Di notte continuava a fare vita da scapolo come se non si fosse mai sposato. Diverse volte la moglie, tornando da casa dei genitori a notte inoltrata, l'aveva sorpreso sulla strada principale di San José con la macchina carica di puttane. Durante tutta la gita il giovane erede, esaurite le pallottole della pistola, si limitò a parlare con il negro commentando con lui certe operazioni di manutenzione della barca. Di tanto in tanto si degnava di rivolgerci la parola con un'affabilità alquanto forzata che non invogliava alla conversazione. La moglie, nel frattempo, si divideva tra le cure al figlio e le attenzioni che prodigava a ciascuno di noi con la cordiale e spontanea affabilità tipica nelle costaricane della sua classe, e ancor più in quelle di condizione modesta. «Mi hanno detto che lei è uno scrittore» fece rivolgendosi a me con curiosità mondana. «Cosa scrive? Romanzi o poesie? A me piace molto leggere ma solo cose romantiche. Quello che scrive lei è molto romantico?». Non sapevo cosa risponderle. C'era molta tensione. Scelsi la verità: sarebbe stato stupido pensare che il dialogo potesse avere un futuro qualunque. «No,» le risposi «sia le poesie che i racconti finiscono sempre per riuscirmi un po' tristi». «Molto strano» commentò. «Lei non sembra triste, e non sembra aver preso troppe batoste dalla vita. Allora perché scrive cose tristi?». «Mi vengono così,» le risposi cercando di mettere fine a quell'interrogatorio che non brillava per acume «non c'è rimedio». Rimase un attimo pensierosa e una lieve ombra di delusione le passò sul viso. Non avrei mai pensato che dicesse sul serio. Da quel momento, anche se non venni escluso dal gruppo, i sorrisi migliori non furono certo per me.

Sul finire del pomeriggio tornammo a Punta Arenas. La sera dovevo essere a San José per una riunione al ministero delle Finanze. Il sole, il vino della California artificialmente aromatizzato e la presenza, la voce, i gesti di quel corpo di donna che si muoveva nella calura pomeridiana mi avevano assopito fino a farmi cadere in un sonno che tuttavia non riusciva a dominarmi, perché continuavo ad ascoltare le parole della conversazione, pur senza penetrarne a fondo il senso. D'improvviso ci fu un silenzio inspiegabile e sentii un'ombra fresca e inconsueta invadere l'ambiente. Il rombo del motore cominciò a rimbalzare contro una superficie vicina mentre si udiva uno stridore nuovo e fastidioso. Mi svegliai e, aprendo gli occhi, vidi che stavamo navigando accanto a una nave che lasciava il porto con uno sforzo affannoso delle macchine. Non la riconobbi subito. Semplicemente perché non l'avevo mai vista così da vicino. Era il Tramp Steamer di Helsinki: le stesse fiancate tutte imbrattate di ossido e sporcizia, le cabine e il ponte di comando nell'identico stato di abbandono e il rantolo agonico dei suoi motori ancora più accentuato dalla vicinanza. A Helsinki mi aveva colpito l'assenza di equipaggio, la mancanza di movimento dei passeggeri. Solo una sagoma incerta sul ponte di comando testimoniava la presenza di esseri umani. Ne attribuii la causa, allora, al freddo che regnava all'esterno. Doveva essere così, perché adesso alcuni marinai ci osservavano dai boccaporti e dal parapetto di coperta, a prua, con facce impersonali su cui cresceva una barba di varie settimane, e con gli indumenti sbrindellati, macchiati di olio e di sudore. Certi parlavano inglese, alcuni turco e pochi altri portoghese. Ciascuno, nella propria lingua, non risparmiava i propri commenti sulla donna che era con noi e che sorrideva loro con innocenza affettata, salutando con un agitare delle braccia che le lasciava i seni quasi scoperti. I commenti si intensificarono e non riuscii a non pensare che l'incredibile visione avrebbe accompagnato quegli uomini durante chissà quale interminabile tragitto del loro viaggio accidentato. Il sole tornò a scaldarci e potei leggere di nuovo, a poppa, l'enigmatica sillaba, ...*ción* e, sotto, Puerto Cortés, in caratteri di un bianco che stava per svanire sotto lo strato di olio, terra e macchie color minio impegnate in una strenua e vana battaglia contro l'ossido che divorava la struttura. «Quei poveracci non arrivano neanche a Panamá» com-

voce alta la donna con una tristezza
ᵢᵢterna e infantile. «Li ho visti due anni fa
ᵢᵢelsinki» risposi senza sapere bene perché.
«E dove sta?» mi chiese lei con stupore. «In
Finlandia. Nel Baltico, vicino al Polo Nord»
dovetti spiegarle alla fine, rendendomi conto
che quei nomi le dicevano poco o nulla. I presenti mi guardavano incuriositi, quasi con diffidenza. Provai una riluttanza invincibile a raccontare tutta la storia. Inoltre, non era cosa per
loro. Non gli apparteneva. L'episodio del cargo, il mio silenzio e la difficile digestione di
tutto quello che avevamo mangiato e bevuto
spensero la conversazione fino a quando scen-
demmo a terra. Sbarcammo e andammo diret-
tamente alla nostra macchina. Salutammo la
coppia con le migliori parole che riuscimmo a
trovare e la donna, infilandosi un leggero co-
pricostume di cotone, mi disse, non senza una
certa ironia: «Se scrive qualcosa di romantico me lo manda, vero? Anche se fosse solo per
l'aragosta». Gioco vecchio e risaputo, pensai.
Quello di Nausicaa e di Madame Chauchat. De-
lizioso, a volte, ma più spesso disarmante e in-
fruttuoso. Sulla strada per San José mi accorsi
di ignorare il nome della nostra bella compa-
gna di gita. Non volli chiederlo a Marco. Era
meglio serbare nella memoria quelle due presenze anonime che, a partire da allora, sarebbero rimaste inseparabili nella mia mente: l'a-
mabile botticelliana che non temeva le parolac-
ce e il fantasma corroso del Tramp Steamer.
Nei miei sogni l'una sarebbe stata complemen-
tare all'altra e si sarebbero reciprocamente in-
fuse consistenza grazie a quei vasi comunicanti
attraverso i quali nasce a volte anche la poesia.

Il caso mi riservava altri due incontri con l'itinerante cargo honduregno. Ma già con i primi due la sua fatiscente presenza era entrata a far parte della famiglia di visitazioni ossessive dietro le quali si nascondono, palpitano e fluiscono le molle di quel gioco impreciso le cui regole mutano ad ogni istante e che viene convenzionalmente chiamato destino. Non posso dire che le apparizioni successive non abbiano aggiunto nulla alle precedenti. Anzi, sono servite a dare una consistenza ancora maggiore a quell'immagine carica delle essenze più segrete e attive di ciò che conduce ogni umana sorte verso *la fine e il compimento*: la vocazione a morire. Per questo vorrei narrare gli altri due episodi, che differiscono da quelli già esposti solo per lo scenario in cui vollero manifestarsi.

La Giamaica era stata uno dei miei luoghi preferiti nei Caraibi. Per lungo tempo Kingston fu uno scalo nella rotta aerea che unisce il mio paese con gli Stati Uniti, ed io ero solito prolungare quello scalo, in genere all'intero fine settimana, per godermi il clima e il paesaggio eccezionali già lodati dall'ammiraglio Nelson nelle lettere che scriveva alla famiglia quando era governatore dell'isola. Tutti i Caraibi sono sempre stati per me un luogo incomparabile, dove le cose accadono esattamente con il ritmo e l'aura che con più fedeltà e profitto si accorda ai progetti mai realizzati della mia esistenza. Lì tutti i miei demoni si placano, e le mie facoltà si acuiscono tanto da farmi sentire un altro, molto diverso da colui che si aggira in città lontane dal mare e in paesi di ostica rispettabilità conformista. Ma alcune isole caraibiche hanno, per me, la virtù privilegiata di offrire al meglio questa specie di bagno nelle acque che cercava Ponce de León. La Giamaica era uno di quei luoghi. Ragioni sulle quali non vale la pena di soffermarsi mi indussero a non visitarla per diversi anni; quando ci tornai, tutto era cambiato. Un'aggressività latente e sempre sul punto di esplodere aveva trasformato i suoi abitanti in esseri con i quali bisognava usare ogni precauzione per scongiurare incidenti. La tensione si notava persino nel clima che, pur senza aver subìto mutamenti essenziali, era percepito da gran parte dei giamaicani in maniera e con umore diversi. Ancora un paradiso che finisce, pensai. A molti altri era toccata la stessa sorte. Ormai uno in più non aumentava il mio sacrificio. Così come, a partire da una certa età, rimangono, a sostenere e ad alimentare i nostri interessi, solo due o tre idee, anche i vari luoghi che la terra ci propone come ideali possono ridursi a due o tre e risultare, credo, ancora troppi. Insomma, mi ero ripromesso di non tornare più in Giamaica e avevo scelto altre strade per godere l'abbondanza rigeneratrice dei Caraibi.

Diversi mesi dopo il mio passaggio in Costa Rica e la gita nelle acque di Nicoya, presi a Panamá un aereo per Puerto Rico, dove ero stato invitato dal collegio dei professori di Cayey a parlare della mia poesia. Partimmo di primo mattino. Dopo mezz'ora di volo dovemmo tornare a Panamá «per riparare una piccola avaria del sistema di ventilazione». In realtà si era fermata una turbina e l'altra veniva sottoposta a uno sforzo che il povero e sconquassato 737 dava segni di non poter reggere a lungo. A Panamá passammo due lunghe ore a guardare i meccanici che, come formiche voraci, montavano e smontavano i pezzi di quell'accidente di turbina. Dall'altoparlante ci fu annunciato che la piccola avaria era stata *regolarizzata* – perché, mi chiedo sempre, devono violentare la lingua quando sono in dubbio su cose di carattere tecnico? – e che potevamo salire a bordo. L'aereo partì senza ulteriori contrattempi. Un'ora e mezza più tardi, mentre il comandante annunciava che dopo pochi minuti avremmo sorvolato l'isola di Cuba, sentimmo uno scossone che gettò i passeggeri in un pallido silenzio, turbato solo dalle spiegazioni alquanto inconsistenti delle hostess che percorrevano il corridoio cercando di dissimulare il loro stesso panico. «A causa di un guasto meccanico alla turbina sinistra, siamo costretti ad atterrare a Kingston, Giamaica. Per favore allacciate le cinture, raddrizzate lo schienale del sedile e mettete i tavolini in posizione verticale. Stiamo cominciando la discesa». La voce del comandante ostentava una tranquillità che non tutti i passeggeri presero per buona. Chiusi il libro che stavo leggendo e mi preparai a godermi il panorama della baia di Kingston che ricordavo come uno degli angoli più tipicamente caraibici. In effetti, quando l'aereo cominciò a volare in cerchio sopra il porto, potei ancora una volta ammirare la fitta vegetazione che si inerpica sulle montagne attorno alla città. Era di un verde intenso, in alcuni tratti quasi nero e in altri sfumato nel giallo tenero dei germogli di bambù e delle felci erette e cerimoniali. Altri due aerei si preparavano a decollare, cosicché dovemmo continuare a volare in cerchio in attesa del segnale di atterraggio. Mantenendo i motori a regime minimo per non forzarli, il comandante scese fino a imboccare l'inizio della pista. Ammirai, assorto, le acque della baia, con quell'eterna nave da guerra affondata giusto al centro, della quale non sono mai riuscito a conoscere né la nazionalità né il modo in cui era naufragata. Me ne dimenticavo sempre appena toccavo terra. In un passaggio sopra i moli scorsi, inconfondibile, il Tramp Steamer, ormai integrato al novero dei miei ricordi più ostinati. Se ne stava lì, adagiato lungo il molo come un cane sulla soglia dopo una notte di fame e di fatica. Mi resi conto di quanta familiarità avessi con quella nave: pur non avendola di fronte all'altezza degli occhi come le volte precedenti l'avevo identificata dall'alto senza la minima esitazione. Mi sembrò un po' sbandata a tribordo, e nel giro successivo vidi che le gru del molo la stavano caricando. Probabilmente il carico era ancora ammassato su un lato della stiva, e a questo era dovuta l'inclinazione dello scafo.

Fummo costretti a passare la notte a Kingston. Tutti i voli per Miami erano partiti in mattinata e non c'era altra soluzione che aspettare che la turbina del nostro 737 venisse riparata. Fummo ospitati in un albergo al centro della città, non particolarmente lussuoso, ma tranquillo e provvisto di un bar in cui serviva, ancora con efficienza, un negro piccoletto e canuto che si rivelò un autentico esperto in *planter's punch* – cocktail che tutti si credono capaci di preparare con una lattina di succo d'ananas, rum, ghiaccio e la solita ciliegina. Il barman del nostro albergo si atteneva invece alla norma classica e consacrata di preparare lui stesso il succo d'ananas, e rispettava le proporzioni canoniche di rum e di ghiaccio. Era mezzogiorno. Al quarto *planter's punch* mi resi conto che pranzare sarebbe stato un errore gravido di conseguenze. Rallentando il ritmo dei cocktails, avrei potuto tranquillamente aspettare finché il sole fosse un po' calato. Mi ero riproposto di visitare la nave. Sentivo che, se non l'avessi fatto, avrei mancato gravemente a un principio di cortesia e di solidarietà – come se, sapendo che a Kingston abitava un vecchio e caro amico, avessi evitato di mettermi in contatto con lui. Alcuni dei miei compagni di viaggio facevano già programmi per un giro notturno nei cabaret della città. Mi astenni dall'informarli della sordida esperienza che li aspettava. Piuttosto che far la siesta per essere fresco la sera, decisi di andare fino al porto, rendere visita al mio amico malandato e tornare quindi in albergo ad assaggiare altre possibilità che avevo cominciato a studiare con il barman. Questi mi offrì, senza nemmeno consultarmi, un leggero e impeccabile sandwich al tonno che fece le veci del pranzo lasciando spazio per le esperienze alcoliche della notte. Quando il sole divenne tollerabile presi un taxi e andai a visitare il porto. Dall'alto avevo ubicato il molo dove il cargo si riposava. Ci arrivammo senza difficoltà, ma trovammo chiusi i cancelli di accesso. Uno zambo scontroso e insolente ci informò che non si poteva passare: i magazzini erano chiusi e sul molo non c'era più attività alcuna. Gli chiesi del Tramp Steamer e mi disse che avevano finito di caricarlo e stava per salpare. Ancora una volta ebbi la sensazione di aver mancato verso una persona cara. Una banconota da cinque sterline e qualche contorta spiegazione sulla necessità di dare un messaggio urgente al capitano della nave ammorbidirono la cattiva volontà del guardiano che mi lasciò passare, avvertendomi però che già mezz'ora dopo non ci sarebbe stato più nessuno ad aprirmi. Lui a quell'ora smontava, e i moli rimanevano chiusi fino al giorno seguente. Mi affrettai nella direzione in cui arguivo dovesse trovarsi la nave. Quando arrivai sul posto il cargo aveva già levato gli ormeggi e cominciava a muoversi. Gli stessi marinai che avevo visto a Punta Arenas, con la stessa barba di diversi giorni, le magliette macchiate, i bermuda pieni di rammendi e la sigaretta in bocca, guardavano distratti verso quella lontananza, più interiore che esterna, in cui si astraggono gli uomini di mare per combattere ogni possibile nostalgia dei ricordi ingannevoli ed effimeri che lasciano a terra. La nave non aveva cambiato immatricolazione e la bandiera dell'Honduras penzolava, senza grandi segni di entusiasmo, a poppa, dove le lettere ...*ción* continuavano a proporre il loro enigma sbiadito. Non doveva essere grosso il carico imbarcato in Giamaica, perché lo scafo emergeva di parecchio al di sopra della linea di galleggiamento. Questo mi permise di notare che una parte delle eliche batteva con notevole difficoltà le acque scure del porto. Con evidenza ancora maggiore delle occasioni precedenti, mi colpì la condizione disastrosa di quel vecchio servitore dei mari che, per l'ennesima volta, intraprendeva la sua amara avventura con la rassegnazione di uno di quei buoi del Lazio descritti da Virgilio nelle *Georgiche*: a tal punto mi sembrò vetusto, malconcio e sottomesso – obbediente alle imprese dell'uomo, la cui meschina indifferenza conferiva una nobiltà ancora maggiore a quello sforzo senza altro compenso che il logoramento e l'oblio. Rimasi a contemplarlo mentre si perdeva all'orizzonte e sentii una parte di me addentrarsi in un viaggio senza ritorno. Una sirena mi annunciò che era giunta l'ora di abbandonare il molo. Ai cancelli, infatti, il guardiano mi aspettava tamburellando con un mazzo di chiavi sulla coscia per farmi intendere il fastidio che gli stavo causando. Le cinque sterline avevano esaurito da tempo il loro effetto.

Ritornai al bar, dove la cordiale accoglienza della mia esperta guida nel percorso delle possibili combinazioni con il rum delle isole mi rese più tollerabile la penosa impressione di aver mancato nei confronti del mio complice e compagno nell'oscuro labirinto dei miei sogni: quelli che la notte accorda, e quelli che si succedono nel fragore della veglia. Me ne andai a dormire quando rientravano le prime coppie, deluse dall'esperienza della Kingston notturna. Inutile raccontargli cos'era stato il porto ai tempi del calipso e del rum caldo. Non avrebbero capito, e nemmeno valeva la pena provarci. Non v'è maggior dolore, dice Dante, che ricordarsi, nella miseria, del tempo felice. Ma oggi persino questo dobbiamo farlo da soli, ed è bene che sia così.

Mi rimane adesso da raccontare il mio ultimo incontro con il Tramp Steamer. Non sospettai minimamente che lo vedevo per l'ultima volta. Se l'avessi saputo, le cose sarebbero andate in un altro modo. Ripensandoci oggi, per me fu evidente solo che, se gli incontri fossero continuati, la cosa avrebbe acquisito i sintomi di una persecuzione mitica, di una spirale diabolica il cui esito poteva essere lo stesso delle superbe maledizioni che gli dèi dell'Ellade infliggevano ai trasgressori dei loro immutabili disegni. Un mondo che non è più il nostro: noi uomini di questo tempo riusciamo solo a compiere la meschina quota di vendetta che altri uomini ci impongono. Poca cosa. Il nostro modesto inferno in vita non si presta ormai a essere materia della più alta poesia. Voglio dire che, senza avere la certezza che quella era l'ultima volta in cui ci vedevamo, qualcosa mi indicava che il gioco non poteva proseguire. Non rientrava nell'esiguo territorio in cui abbiamo circoscritto l'immaginabile.

Ero stato, dieci anni prima, forse di più, alle foci del fiume Orinoco. Fu durante un corso di addestramento che si teneva a Trinidad sull'impiego del gas propano. Scoprii, in quell'occasione, tutti i pericoli dell'infido combustibile e tutte le meraviglie che la musica antillana sa ottenere dalla percussione di bidoni per il petrolio di ogni grandezza. Si poteva passare un'intera notte e buona parte del giorno ipnotizzati dal ritmo che, a ondate crescenti e decrescenti, ci immergeva tutti in un dormiveglia favorito dal mansueto calore di forno che regna sull'isola per gran parte dell'anno. A bordo di un rimorchiatore dell'azienda andammo, in un fine settimana indimenticabile, a visitare l'intricato delta attraverso il quale l'Orinoco versa le sue acque nell'Atlantico traditore, sornione e carico di sinistre sorprese. Ricordo ancora il canto ininterrotto degli uccelli, la cui varietà di colori e dimensioni ci faceva trascorrere l'intera giornata passando di stupore in stupore. Neanche di notte cessavano il vociare assordante e il turbinio degli stormi nelle dense tenebre del tropico sterminato.

Quella volta, invece, ci tornavo come membro di una missione congiunta dei paesi che avevano interessi nella ricca valle dell'Orinoco. Eravamo in tutto sei delegati e io svolgevo, con scarsa efficienza, il ruolo di segretario. Accettai di prendere parte a quella burocratica avventura solo per tornare sul delta, il cui ricordo suscitava ancora in me un'ammirazione intatta, pervasa di nostalgia, per la imponente meraviglia della sua natura. Ci installammo a San José de Amacuro, nei bungalows di un presidio militare. Avevamo ogni possibile comodità, compreso il condizionatore d'aria, il quale aveva il compito di escluderci da un clima che, a me in particolare, procura un benessere e una sensazione di disponibilità e di agilità mentale che non è difficile confondere con l'effetto di un qualche ignoto allucinogeno. Pochi piaceri potevano paragonarsi a quello di spegnere il condizionatore, stendersi sul letto, protetto contro le zanzare da un baldacchino di tulle che aveva qualcosa di cerimoniale e di maestoso, e lasciar irrompere la notte e i suoi aromi in ondate di calore umido, carezzevole, quasi generativo. Per diversi giorni ci dedicammo all'esplorazione dell'intricato delta di Amacuro. Erano incursioni superficiali e poco minuziose. Familiarizzarsi con un così splendido labirinto può richiedere diversi anni. Arrivammo fino a Curiapo e a San Félix. Lì cominciarono ad apparire i segni nefandi della nostra civiltà di plastica: *junk food*, contrabbando e musica stridente. Tornammo a San José de Amacuro, dove i lavori preparatori di una prima stesura della relazione che ci era stata richiesta ci presero più di una settimana. Per me significò una salutare immersione nel nirvana del delta. Dovevamo poi risalire il fiume fino a Ciudad Bolívar dove avremmo consegnato un primo originale delle sostanziose conclusioni di quegli esperti da tavolino, dotati del dubbio talento di dire cose non memorabili con un torrente di parole che finiscono per dormire negli archivi delle cancellerie finché altri esperti, dotati di identiche qualità, non le riesumano rimettendo in moto la ciclica imbecillità che consente loro di riscuotere tranquillamente lo stipendio e di realizzare quella grigia impresa nota come «far carriera». Con il pretesto di qualche linea di febbre e della necessità di sottopormi a una cura urgente nell'infermeria del presidio, non presi parte al viaggio nella capitale. Una breve chiacchierata con il medico di guardia sistemò la faccenda, e potei così dedicarmi a percorrere Amacuro in una canoa con motore fuoribordo guidata da un indigeno dallo sguardo incisivo e di poche parole, che conosceva il delta alla perfezione. Mi propongo di narrare, un giorno, l'incanto di quelle escursioni, anche se è vero che, in gran parte della poesia che ho lasciato sparsa qua e là in riviste effimere e in edizioni più trascurabili ancora, ci sono già tracce di quei giorni, un omaggio degli dèi. I miei colleghi tornarono e non fecero alcun commento sulla mia alquanto sospetta guarigione. Erano troppo intenti a continuare la discussione sulle virgole dei trattati di Río de Janeiro e sulle ermetiche conclusioni della conferenza di Montevideo. È dimostrato che l'imbecillità arriva a influire sui sensi fino a occultare alla vista, all'olfatto e all'udito miracoli come lo spettacolo del delta di Amacuro.

Dovevamo tornare a Trinidad su una nave della Marina Militare del Venezuela. Da lì ciascuno avrebbe preso l'aereo per il rispettivo paese. Una mattina ci svegliò all'alba la sirena del guardacoste della Marina Militare che veniva a prenderci. Mezzo addormentati, con il caffè bollente che ancora ci scottava l'esofago, salimmo a bordo. Pioveva a dirotto. Levati gli ormeggi, la sirena suonò di nuovo per annunciare la partenza. In quel momento sentimmo un lamento sordo, quasi animale, che le rispondeva. «È una nave che sta entrando. Quando sarà passata andremo noi. Il varco è molto stretto perché il fiume in piena lo ostruisce di tronchi e banchi di fango» ci spiegò un ufficiale con la spontanea freddezza del militare che parla con dei civili. Qualcosa mi aveva già annunciato, giorni prima, la vicinanza del Tramp Steamer. Una vaga inquietudine, una sorda tristezza per dover lasciare quei luoghi, una anticipata nostalgia delle meraviglie di cui lì avevo goduto. Infatti era lui – l'*Alción*, come mi ero abituato a chiamarlo nelle mie elucubrazioni sul suo tribolato peregrinare. Fui certo, appena lo vidi, che le sue povere forze non dovevano più permettergli di uscire dal perimetro dei Caraibi e dintorni. Andava a Ciudad Bolívar. «Va a caricare legname» commentò lo stesso ufficiale con un sorriso di condiscendenza verso quella grottesca rovina di un'età dimenticata che ci passava davanti con il solito martellare disuguale delle sue bielle e l'affanno lamentoso del suo unico fumaiolo. Nessun marinaio appariva in coperta, solo una sagoma indistinta maneggiava le leve sul ponte di comando con gesti rapidi ed esperti. La sporcizia, accumulata sui vetri da chissà quanti anni, non lasciava vedere granché all'interno, a parte la luce opaca di una lampada elettrica sul soffitto e il luccichio fugace di uno strumento nautico. Mi fece impressione sentire di nuovo lo stesso commento della bella seminuda della gita a Nicoya, questa volta dall'ufficiale che era con noi: «Non so come possa arrischiarsi in quelle condizioni. Con questa pioggia, la piena scende con una forza terribile e i banchi si formano in un attimo. Sembra che debba sfasciarsi al primo scossone. Non avevo mai visto un relitto simile». Quelle parole ferirono profondamente i miei sentimenti di anonimo sostenitore del cargo che avevo conosciuto mentre entrava nel porto di Helsinki con la serena e imponente dignità dei grandi vinti. Cosa poteva sapere quel bellimbusto di ufficiale, inguainato nella sua impeccabile divisa inamidata, delle vane e segrete prodezze del venerabile Tramp Steamer, del mio amato *Alción*, patriarca di tutti i mari, vincitore di tifoni e tempeste, i cui ormeggi erano stati sollecitati in tutte le lingue della terra nei più sperduti porti d'avventura? Passava davanti a noi lento, un po' sbandato – evidentemente il problema non era dovuto al carico, ma alla struttura che cedeva a pressioni superiori alla sua resistenza – e, in quel momento, percorso da un leggero tremore, come una febbre segreta o una estrema, ormai inoccultabile, debolezza. «A mezza velocità le macchine non controllano più il ritmo delle eliche» spiegò il marinaio come per rispondere a una domanda che in quel momento mi stavo facendo. La poppa mostrava ancora una volta le sue vergogne con la solita bandiera appesa come lo straccio di un naufrago. Avevano, finalmente, dipinto il nome completo. Il cargo si chiamava effettivamente *Alción*. Per la verità non era stato difficile indovinarlo giacché, data la posizione delle lettere ancora leggibili, davanti poteva starci una sola sillaba.

A tutta forza, il guardacoste entrò nel canale e fece rotta verso Trinidad con il moto agile ed efficiente delle sue eliche. C'era qualcosa di insolente, una protervia quasi intollerabile in tanta leggerezza e agilità di manovra. Non feci alcun commento, è ovvio. Che ne sa la gente di queste cose? E ancora meno ne sanno gli azzimati funzionari delle cancellerie, logorati dalla monotonia dei ricevimenti, dalla futilità dei pranzi d'ambasciata e dagli intrighi di un protocollo tanto inetto quanto vano. Scesi nella mia cabina, volevo dormire un po' prima che mi chiamassero per il pranzo. Sentivo un'oppressione nel petto, un'ansia senza nome e senza causa evidente, una specie di premonizione funesta impossibile da definire. L'immagine dell'*Alción* che si addentrava nei meandri del delta mi accompagnò nel sonno con una fedeltà che voleva significare qualcosa. Preferii non decifrarla. La campana del pranzo mi svegliò di soprassalto. Non sapevo dove mi trovassi né che ora fosse. Sotto la doccia, da cui scendeva un'acqua tiepida e lievemente fangosa, riuscii a riconnettere almeno i fili che servivano per conversare con i miei compagni di viaggio.

E così finirono i miei incontri con il Tramp
Steamer. Il suo ricordo entrò a far parte della
scarna collezione di immagini ossessive che si
confondono con l'essenza più «minerale e ostinata» del mio essere. Appare nei miei sogni
sempre più raramente, ma so bene che non
sparirà mai del tutto. Nella veglia ripenso a lui
quando certe circostanze, un qualche insolito
ordine della realtà, si presentano come in riso-
nanza con le sue apparizioni. Più il tempo pas-
sa, e più profondo, segreto e poco visitato si fa
l'angolo in cui vanno a nascondersi quelle immagini. È così che lavora l'oblio: le nostre vi-
cende, da specificamente nostre, ci diventano
estranee per opera del potere mimetico, ingannevole e costante di un precario presente.
Quando una di quelle immagini ritorna con la
sua vorace intenzione di persistere, accade
quello che i dotti chiamano un'epifania. Esperienza che può essere devastatrice, o semplicemente consolidare alcune certezze indispensabili per continuare a vivere. Come ho detto,
non ho mai più visto il Tramp Steamer; in
compenso però ho avuto sue notizie, ed è stato
per conoscerne la storia nella sua desolante in-
terezza. Poche volte gli dèi concedono che ven-
gano scostati per noi i veli stesi a dissimulare
certe zone del passato, forse perché a questo
non sempre siamo preparati. Ignoro quanto
riescano ad essere felici coloro che «consulta-
no oracoli più alti del loro dolore».

Alcuni mesi dopo la mia visita alle foci del-
l'Orinoco dovetti rimanere per un lungo periodo nella raffineria costruita sulla riva del grande fiume navigabile che attraversa buona parte
del mio paese. Un lungo e aspro conflitto sin-

dacale mi obbligava a restare lì per diversi mesi con mansioni che andavano dalla rozza diplomazia aziendale all'intervento discreto presso le emittenti radiofoniche e i quotidiani della regione per riferire al pubblico certi punti di vista della società. Nei momenti di calma, invece di prendere un aereo per la capitale, preferivo scendere il fiume fino al grande porto marittimo. Lo facevo sui piccoli ma confortevoli rimorchiatori della compagnia, che scendevano trainando lunghe carovane di chiatte cariche di combustibile o di asfalto. Ogni rimorchiatore aveva un paio di cabine per i passeggeri, i quali dividevano con il capitano i pasti preparati da due cuoche giamaicane il cui talento non ci stancavamo di elogiare: carne di maiale con salsa di prugne secche, riso con cocco e banane fritte, succulente zuppe di pesce del fiume e, complemento indispensabile e sempre benvenuto, il succo di pera con vodka che ci rinfrescava miracolosamente lasciandoci nella disposizione più adatta per godere il panorama sempre mutevole del fiume e delle sue rive, sulle quali, grazie alla imponderabile magia di quella bevanda, tutto accadeva in una lontananza vellutata e felice che non cercavamo mai di decifrare (tant'è vero che ogni qualvolta noi assidui del rimorchiatore tentavamo di ripetere a terra la miscela di vodka e succo di pera, la delusione era tremenda: ottenevamo un intruglio semplicemente imbevibile). La notte, dopo una lunga seduta di chiacchiere nella angusta coperta dove ci trattenevamo nell'attesa illusoria di una brezza che ci rinfrescasse, crollavamo nella cuccetta cullati dalle risa delle negre e dall'incanto del loro dialetto, incomprensibile ma fluido, a cui l'inglese serviva da canovaccio linguistico.

Lo sciopero continuava a incombere, e le trattative con il sindacato imboccarono una strada di tortuosi bizantinismi che si annunciava lunga da percorrere. Decisi di raggiungere il porto e andai negli uffici della nostra compagnia di navigazione a prenotare un posto sul prossimo rimorchiatore. L'impiegato che si occupava di me abitualmente stava parlando con un 'uomo alto, magro, dall'abbondante chioma brizzolata, il quale si esprimeva con un leggero accento tra francese e spagnolo del nord che mi incuriosì. «Il capitano viaggerà con lei» mi disse il funzionario a mo' di presentazione. L'uomo mi guardò ancora e con un sorriso cortese benché sfumato di una sorta di pacata ruvidezza mi diede un'energica stretta di mano: «Jon Iturri. Molto lieto». Gli occhi grigi, seminascosti dalle ciglia folte, avevano lo sguardo caratteristico di chi ha trascorso in mare buona parte della propria vita: fissano l'interlocutore, ma nello stesso tempo sembrano non perdere di vista una lontananza, un vago orizzonte, indeterminato ma sempre presente. Mi furono consegnati i documenti per salire a bordo e il capitano rimase ad aspettarmi per uscire con me. Andammo verso il bungalow dove era allestita la mensa. Avevano già chiamato per il pranzo. L'uomo camminava con passo deciso, un po' militare, eppure aveva quel lievissimo oscillare del corpo di chi, a terra, continua a sentirsi in coperta. Non seppi resistere alla curiosità e di punto in bianco gli chiesi: «Mi scusi, capitano, ma il suo accento mi incuriosisce. Non se la prenda, è una mia deformazione ormai inveterata». Il sorriso dell'uomo si fece più aperto. Aveva una dentatura perfetta che spiccava nella pelle abbronzata del viso, tra i fitti baffi neri. «Capisco. Non c'è di che. Per di più ci sono abituato. Sono nato ad Ainhoa, nei paesi baschi francesi. I miei genitori erano di Bayonne. Ma per varie circostanze familiari ho studiato a San Sebastián e ho iniziato a Bilbao la carriera di marittimo. Sono totalmente bilingue, ma in ciascun idioma mi trascino dietro l'accento dell'altro. Anche il mio nome desta curiosità. Qui, gli americani mi chiamano John e a loro sembra più che naturale». «Sentendolo» gli risposi «avevo sospettato le sue origini basche. Ho un amico di Bilbao che pure si chiama Jon. Un ottimo poeta». Continuammo a parlare mangiando insieme. Era un basco tipico. Aveva la dignità distaccata ma senza riserve che mi ha sempre attratto in quella razza. Ma, oltre a tale virtù nazionale, si notava in lui una zona che veniva preservata da incursioni estranee con accorta vigilanza. Dava l'impressione di esser reduce da qualcosa di simile ai gironi dell'inferno dantesco, dove però i supplizi, invece che fisici, fossero di un ordine mentale particolarmente doloroso. In quel primo incontro scoprimmo interessi e ricordi in comune sufficienti a far prevedere gradevole il viaggio che ci attendeva. «Ad Ainhoa, una volta,» gli raccontai «mi si guastò l'auto che avevo noleggiato per andare da Fuenterrabía a Bordeaux. Dovetti dormire lì una notte, in un albergo il cui nome, chissà perché, mi rimase impresso: l'Hôtel Ohantzea». «Era di certi cugini di mio padre, molti anni fa» mi spiegò. A volte, per impenetrabili motivi, coincidenze del genere instaurano fra sconosciuti una perfetta cordialità. Non è poi così strano: condividere, anche se fugacemente, un paesaggio o un luogo dell'infanzia ci fa sentire in famiglia. Capita soprattutto a quelli che vagano per il mondo senza un appoggio né una residenza stabile. Era il nostro caso: suo per la condizione di uomo di mare, mio per aver cambiato paese fin troppe volte e sempre in circostanze estranee alla mia volontà.

Tre giorni dopo arrivò il rimorchiatore. Salii a bordo di sera. La carovana di barconi che doveva scendere fino al porto marittimo era già pronta. Non vidi Iturri allorché presi possesso della mia cabina. Misi in ordine le mie cose e uscii in coperta per stendermi in una delle sdraio di tela che sono sempre a disposizione dei passeggeri. Quando dico «coperta», faccio uso di una figura retorica. L'angusto rettangolo di quattro metri per tre, sopra la cabina di comando, non meritava una definizione così generosa. Vi si accedeva per una scaletta ed era circondato da una balaustra di metallo dipinta con i colori della compagnia: rosso, bianco e blu. Le battute sulla bandiera francese erano d'obbligo, e nessuno ci faceva più caso. Non esiste veduta paragonabile a quella che si gode, del fiume e delle sue rive, da quel belvedere privilegiato. Disteso su una sdraio, mi preparai ad assaporare ogni dettaglio della partenza. Trainare una fila di barconi carichi di combustibile attraverso le curve, le tortuosità e i meandri del grande fiume richiede tanta abilità e coordinazione da sembrarmi ogni volta una prodezza quasi insuperabile. In quel momento sentii qualcuno salire la scaletta. Era Iturri. Devo ammettere che lo avevo quasi dimenticato, tale è il fascino che esercitano su di me le manovre della navigazione sul fiume. Senza salutare, e con la naturalezza di chi prosegue una conversazione iniziata altrove, il capitano commentò: «Non ho mai capito perché queste manovre fluviali mi irritano tanto. Hanno un che di ferrovia sull'acqua. Un'acqua che scorre con noi o contro di noi. È poco serio. Non le pare?». Dovetti confessargli che, al contrario, la cosa risvegliava la mia curiosità e perfino il mio rispetto. Riuscire a guidare dieci chiatte stracariche di liquido infiammabile mi sembrava un'impresa. «Non badi a quel che dico:» rispose il basco «noi uomini di mare finiamo per diventare un po' maniaci. A terra ci sentiamo sempre come di passaggio e non sappiamo apprezzare ciò che vi accade. Io, ad esempio, detesto il treno. Ho un'impressione di troppa ferraglia e tanto fracasso per un'operazione così... così balorda, direi». Mi fece sorridere l'onestà naturale, un po' brusca ma inconfutabile, di quell'uomo di mare che mal sopportava il lento torpore della vita in terraferma. Continuammo a parlare fra lunghi intervalli di silenzio. Era la prima volta che viaggiava su un rimorchiatore della compagnia, per la quale, fra l'altro, lui non lavorava. Era venuto a fare una perizia su due incidenti consecutivi subìti da una delle nostre navi cisterna mentre attraccava ad Aruba. La compagnia di assicurazione lo aveva designato a rappresentare i suoi interessi nell'indagine che si stava svolgendo. Aveva dovuto raggiungere la raffineria perché solo lì potevano fornirgli certi dati sul trasporto del combustibile in compartimenti stagni. Ora stava tornando per imbarcarsi su un cargo belga che doveva portarlo nel Golfo di Aden. Lì lo attendeva il comando di una piccola nave che faceva servizio di cabotaggio fra i paesi del Golfo trasportando cibi congelati. Il capitano aveva avuto una crisi diabetica e sarebbe rimasto a lungo fuori servizio.

Il viaggio fino al porto di mare sarebbe durato più di dieci giorni. Il rimorchiatore doveva fermarsi in vari posti a sganciare delle chiatte e raccoglierne altre vuote da ricondurre ai moli della compagnia, sulle banchine di carico del grande porto. Nessuno di noi due aveva fretta di arrivare. «Avrei potuto viaggiare in aereo,» mi spiegò Iturri «ma mi è sembrato più interessante e distensivo scendere il fiume. Ho sempre desiderato fare un viaggio così. Dei fiumi conosco solo alcuni delta. Quello della Schelda, per esempio, quello del Tamigi, e quello della Senna a Le Havre. Non tutti sono così agevoli e sicuri. Non tutti». Ci fu qualcosa, nelle parole con cui terminò la frase, che mi colpì. Era come una difficoltà a pronunciarle, come una secchezza di gola, direi quasi un sordo grugnito che inaspettatamente lo soffocasse. Rimase a lungo in silenzio, poi parlammo d'altro.

La routine del viaggio diventava piacevole con l'aiuto della vodka al succo di pera, che decidemmo di battezzare in catalano *vodka amb pera* in omaggio alla comune fedeltà ai bar di Barcellona, soprattutto il Boadas e quello del Savoy, dove la sapienza alcolica assurge a perfezioni difficilmente superabili. Molte delle esperienze di ciascuno dei due nella città comitale sembravano come ricalcate su quelle dell'altro. Stessi luoghi, identici incontri, uguale debolezza per certi angoli della città, una comune devozione per il porto greco di Ampurias e per la pescatrice che viene servita al club nautico della Escala. Non c'era da sorprendersi se col passare dei giorni, e nonostante il riserbo del suo carattere basco e il mio impegno a rispettarlo, gli argomenti delle nostre chiacchierate assumevano un tono sempre più personale e più intimo. Le confidenze affioravano spontaneamente e ogni sera, dopo il terzo *vodka amb pera*, ci inoltravamo in territori di caute confessioni sentimentali, maneggiandole con tutte le precauzioni di chi, su quel terreno, evita rigorosamente l'esibizionismo vanitoso, o il luogo comune – che nulla apporta alla vera conoscenza di quelle segrete catastrofi del cuore che si possono condividere solo in occasioni così rare da risultare inimmaginabili.

Una notte in cui il caldo era quasi insopportabile restammo sulle nostre sdraio a contemplare il quieto trascorrere della luna piena in un cielo senza nubi, molto insolito in quelle regioni. Gli effetti di luce sull'acqua, sulle radure dei monti e sulle rive facevano pensare a una scenografia maeterlinckiana. Ci venne naturale parlare delle Fiandre: le città, la gente, la cucina. E si finì, inevitabilmente, per discorrere di Anversa. Questa città, per tante ragioni a me cara, è a mio giudizio il porto più incantevole e dal traffico più armonioso, perché la navigazione sulla Schelda richiede evoluzioni delicate e manovre lente che tramutano l'entrata e l'uscita delle navi in una sorta di balletto. Come ho già detto, avevamo rotto le dighe della confidenza, e in quell'occasione Iturri me ne fece una che subito risvegliò in me un interesse particolare.

«Ad Anversa» mi disse «conobbi le persone destinate a cambiare completamente la mia vita. Erano un libanese, mezzo armatore e mezzo commerciante, abile e garbato come buona parte dei suoi compatrioti, e il suo compare e amico, un uomo di nazionalità indefinita che allora girovagava nel Mediterraneo per affari della più diversa indole, non sempre rispettosi dell'etica convenzionale. Ci incontrammo per caso in un ristorante indonesiano del porto, dove stavo mangiando controvoglia uno di quei piatti orientali fatti più che altro per toglierti l'appetito. Avevamo reclamato allo stesso momento, loro ed io, per certe irregolarità nel servizio, e finimmo per uscire insieme e mangiare, in un umile bistrot, un pasto belga più normale e abbondante. In quel punto la mia vita prese una piega che non mi sarei mai immaginato».

«Davvero? Mi sembra impossibile che un uomo del suo carattere possa fare una curva di novanta gradi. Non rientra nel modo di essere dei suoi compatrioti. Sono ribelli, è vero, e niente affatto conformisti, ma sono soliti morire nella loro legge, nel paese dove sono nati, e facendo il mestiere imparato da giovani» commentai, un po' sorpreso in effetti da un mutamento così radicale in uno come Iturri.

«Non creda. Bisogna essere sempre pronti alle sorprese, che spesso impercettibilmente maturano nel profondo, per affiorare poi all'improvviso. Si tratta di cose iniziate tanto tempo prima. Fatto sta che uno come me, che si era dato la regola ferrea di lavorare sempre per compagnie di navigazione più o meno note, evitando qualunque esperimento o avventura in proprio, ha finito per diventare socio e capitano di un Tramp Steamer che sembrava dover colare a picco da un momento all'altro. Non avevo mai visto un simile spauracchio».

Qualcosa mi si rimescolò immediatamente nella memoria e mi spinse a chiedere al mio amico, con un interesse che lo incuriosì: «La nave era ancorata ad Anversa ed è salpata da lì? Lei certo conosce le norme vigenti in quel porto riguardo a quei mercantili di ventura, e in quali condizioni debbano essere per poter attraccare ai moli».

«No, certo, non era ad Anversa» replicò sorridendo delle mie conoscenze nautiche, che peraltro non andavano molto più in là. «Me lo consegnarono nell'Adriatico, e precisamente a Pola. Avrebbe dovuto vederlo. Il suo sfacelo era in se stesso uno spettacolo. E si chiamava in modo non meno fantasioso ed esorbitante. Aveva il nome dell'uccello mitico che fa il nido in mezzo al mare. O, se preferisce, quello degli sposi che pretesero di essere più felici di Zeus e Hera».

Un leggero brivido mi corse per la schiena. Ci sono coincidenze che, violando ogni possibile previsione, possono diventare intollerabili perché suggeriscono un mondo retto da leggi che non conosciamo e che non appartengono al nostro ordine abituale. Con voce che tradiva lo sconcerto di cui ero preda potei solo balbettare: «*Alción?*».

«Sì» rispose Iturri guardandomi incuriosito.

«Temo» gli dissi «che qui si chiuda un enigma circolare che mi ha preoccupato più del dovuto, invadendo non solo molte delle mie ore di veglia, ma anche buona parte dei miei sogni».

«Che cosa vuol dire? Non capisco». Le sopracciglia di Iturri si aggrottarono sugli occhi grigi in un'espressione felina, non ostile ma vigile e ansiosa.

In rapida sintesi gli raccontai i miei incontri con l'*Alción*, e che cosa significavano per me, e gli parlai anche della fervida solidarietà che il cargo aveva finito per infondermi, e del nostro ultimo incontro alle foci dell'Orinoco. Iturri rimase a lungo in silenzio. Nemmeno io desideravo fare commenti. Dovevamo, ciascuno per proprio conto, riordinare gli elementi della nostra recente amicizia e il vertiginoso tumulto di fantasmi risvegliati ad opera di un caso quasi inconcepibile. Quando ormai supponevo che, per quella sera, il dialogo non sarebbe proseguito, lo sentii dire a voce bassa: «Anzoátegui, il guardacoste si chiamava Anzoátegui. Dio mio, quali percorsi sceglie la vita! E noi che crediamo di disporne a piacimento, mentre siamo solo degli ignari che brancolano nel buio. Bah. Tanto è lo stesso». La sua rassegnazione affiorava con una nobiltà degna di un Quevedo. In tono più naturale, e come cercando di contenere tutta la vicenda negli argini di una normalità quotidiana che la rendesse più tollerabile, commentò:

«E così il povero Tramp Steamer, che per anni non ha nemmeno portato il nome completo a poppa, ha finito per accompagnare e ossessionare lei quasi quanto me. Solo che, nel mio caso, da questo spiraglio mi è sfuggita la vita. La vita che avrei voluto vivere, certo.

Quella di adesso è un compito affidato solo al corpo. Non che abbia perso tutto. Ma ho perso l'unica cosa per cui valeva la pena di continuare a scommettere contro la morte».

C'era una tale desolazione, un distacco così assoluto nelle sue parole, che da ingenuo volli correre in suo aiuto con un commento banale: «Credo che questa sia la fine di quasi tutti quelli che come noi scelgono una vita errabonda e senza meta». Di nuovo mi guardò come si guarda un bambino che, a tavola, ha fatto un'osservazione perdonabile solo in virtù della sua età. «No,» mi corresse «non è questo. Io le parlo di una categoria di naufraghi in cui tutto va a fondo irrimediabilmente. Non resta nulla. Ma la memoria continua a filare, instancabile, per ricordarci il regno perduto. Sto pensando che, se lei è stato così vicino e legato in modo tanto profondo alle sorti dell'*Alción,* è giusto e naturale che debba conoscere l'altra parte della storia. Una di queste sere gliela racconterò tutta. Oggi non potrei farlo. Devo assimilare almeno un po' quest'opera del caso che all'improvviso ci unisce al di là dell'incontro accidentale su questo rimorchiatore. Perché noi viaggiamo insieme da molto tempo e da molto più lontano». Annuii. Non trovavo parole che potessero completare le sue. Semplicemente, stava dicendo quello che io stesso pensavo. L'orologio della cabina di pilotaggio, sopra la quale ci trovavamo, aveva suonato da un bel po' la mezzanotte quando ce ne andammo a dormire salutandoci con un tono ormai differente. Era la complicità, una nascente, fraterna complicità, da cui iniziava un tratto nuovo e diverso del nostro cammino.

Quella notte sognai di nuovo il Tramp Steamer. Erano episodi vertiginosi e sconnessi, nei quali il vetusto natante rivelava la sua presenza con segni indecifrabili che accumulavano in me un malessere vago, una sorda colpevolezza di non so che cosa. Ormai all'alba, con le prime luci che mi arrivavano sul viso attraverso le sottili tendine dell'oblò, l'*Alción* mi si presentò appena verniciato di colori fulgidi e netti: lo scafo di minio rosso che tendeva al sangue secco, la coperta color crema con una riga celeste che correva lungo tutte le cabine, dal quadrato al ponte di comando. Anche il fumaiolo era color crema e aveva una riga identica. «A chi sarà saltato in mente di verniciare così un mercantile? Che cosa ridicola» pensai in un lampo di dormiveglia prima di svegliarmi completamente. In quel momento il rimorchiatore cominciò ad accostarsi alla riva. Stava attraccando a un villaggio di baracche dal tetto di paglia o, in alcuni rari casi, di lamiera di zinco. Era un luogo particolarmente misero e sgradevole. Su quella che doveva essere la caserma la bandiera tricolore pendeva floscia con un'indolenza che sottolineava l'afa opprimente del clima. Due idrovolanti Catalina della fanteria di Marina, verniciati di grigio, erano ormeggiati all'estremità di un malfermo pontile di legno. «È La Plata» mi spiegò il pilota, che passava in quel momento davanti alla mia cabina. «Da un po' di tempo scoppiano rivolte tra la gente del villaggio. Lasciamo qui una bettolina di gasolio e ce ne andiamo immediatamente». Né il luogo né la spiegazione del pilota mi dicevano granché. Tornai dentro a far la doccia per poi andare a colazione in compagnia del marinaio basco.

Anche lui si stava lavando, nella cabina accanto alla mia, tra grandi scrosci d'acqua, come se stesse facendo ginnastica sotto la doccia. Un particolare che mi commosse in modo speciale. C'era, in quello sguazzare con un entusiasmo inusitato, qualcosa di vicino, e quasi familiare, che mi ricordava le mattine del bagno nel collegio di Bruxelles. Quanti fili finiscono per collegarsi quando, abusivo e indecifrabile, interviene il caso!

Durante la colazione, breve quanto frugale, dato che entrambi preferivamo tè con pane tostato e burro, parlammo di cose indifferenti: il porto, gli aerei, la situazione di violenza endemica che si andava diffondendo lungo il fiume; nulla, insomma, che riguardasse veramente la nostra vita, che sentivamo, ciascuno a modo suo, proiettata verso altri orizzonti, altri climi, altra gente. Quali? Nessuno dei due avrebbe saputo rispondere con certezza.

Pochi giorni dopo entrammo nell'ultimo tratto del fiume. Lì le sue acque dilagano in vasti pantani, in mezzo a mangrovie e a terre che rimangono inondate per quasi tutto l'anno. È difficile riconoscere l'alveo originale della corrente, e i piloti delle imbarcazioni che scendono al mare, nonostante lunghi anni di esperienza – nella maggior parte dei casi ereditata da padri che a loro volta hanno esercitato il mestiere –, sono soliti navigare con estrema prudenza, fermandosi di notte se necessario. Smarrirsi fra le mangrovie e le lagune significa la perdita quasi sicura del battello e un grosso rischio per i passeggeri e l'equipaggio. Il sole implacabile, riverberato dalla superficie sconfinata dell'acqua, può accecare il pilota, ed è capitato spesso che a bordo tutti quanti siano morti di fame e di sete, bruciati dal sole e divorati dagli insetti. Se poi si tratta di condurre in porto dieci bettoline cariche di prodotti della raffineria e altre solo un po' meno piene, le difficoltà aumentano considerevolmente. Fermarsi durante la notte ancorati sul bordo incerto dell'alveo principale è regola inviolabile per i capitani dei rimorchiatori al servizio delle compagnie petrolifere.

La calura aumentava a mano a mano che ci avvicinavamo al delta. Sulla tolda in cui stavano le nostre sdraio gli uomini dell'equipaggio stesero un'enorme zanzariera che luccicava come una tenda nel deserto. Sapevano che di notte, non potendo disporre dell'aria condizionata poiché i motori del battello restavano fermi, era impensabile dormire nelle cabine. E così, senza nemmeno accorgercene, cambiammo ritmo di vita: dormivamo di giorno, mentre il rimorchiatore avanzava, e di notte ci installavamo nell'angusta coperta, in attesa dell'alba e al riparo dalle zanzare.

In quelle notti interminabili Iturri mi raccontò la sua storia. L'essere stato testimone di alcuni momenti cruciali della vita dell'*Alción*, e quindi del suo capitano, mi accordava il diritto inoppugnabile alla sua commovente confidenza. «È la prima e l'ultima volta che ne parlo. Dopo, lei potrà ripeterlo a chi vuole. La cosa ha poca importanza, non mi tocca affatto. In realtà, Jon Iturri ha cessato di esistere. Più nulla può turbare l'ombra che vaga per il mondo col suo nome». Lo disse senza tristezza, e quasi senza nemmeno la rassegnazione dei vinti: aveva il tono impersonale di chi spiega da una cattedra un processo chimico. Parlò per più notti consecutive, e le mie rare interruzioni furono destinate a localizzare un posto, o a ribadire un ricordo comune per renderlo più preciso. Non si perdeva in considerazioni marginali né in descrizioni minuziose, ma spesso cadeva in lunghi silenzi che io mi guardavo bene dall'interrompere. In quei momenti mi dava l'impressione di uno che salga alla superficie dell'acqua a prendere aria prima di tuffarsi di nuovo in profondità. Val la pena di cominciare il racconto dall'inizio, anche se può sembrare uno dei tanti episodi che costellano la vita di qualunque capitano di mercantili. Il fato cominciò a tessere le sue trame sin dal principio della vicenda ed è interessante discernere i suoi intrighi.

La coppia formata dal libanese e dal suo compare, con la quale Iturri aveva cenato ad Anversa, tornò a cercarlo in albergo tre giorni dopo. L'armatore di Beirut, pacato nei modi e gentile nei discorsi pur senza mai diventare mellifluo, gli spiegò che desiderava proporgli un affare. Iturri gli aveva fatto un'ottima impressione, e lui si era permesso di effettuare alcune indagini sulla sua carriera e la sua reputazione di capitano di lungo corso, con risultati assai lusinghieri. L'amico e compare lì presente non c'entrava nulla in quel che il libanese stava per proporgli, ma era come un membro della famiglia e poteva fornire notizie utili sull'operazione che intendeva prospettargli. Che ne diceva di pranzare con loro quel giorno stesso?

Accettò, non senza una certa inquietudine. Qui il basco tornò a insistere sul carattere dei due personaggi. Il libanese si chiamava Abdul Bashur e godeva di una certa considerazione negli ambienti commerciali, doganali e bancari non solo di Anversa ma anche di altri porti europei. Aveva innegabilmente una vasta gamma di attività e interessi non tutti chiari né, apparentemente, tutti solidi come la sua professione principale di armatore. Ma questo era normale per i levantini, fossero libanesi, siriani o tunisini. Iturri era abituato a peculiarità del genere, che non lo sorprendevano né lo infastidivano minimamente. L'altro, il cui nome non riuscì mai a capire bene, ma che a volte chiamavano il Gabbiere, veniva trattato da Bashur con una familiarità senza riserve e ascoltato con la massima attenzione su tutte le questioni inerenti al commercio marittimo e alle operazioni dei mercantili negli angoli più remoti del mondo. Il basco non riuscì mai a scoprire se quello di Gabbiere era un soprannome, un cognome o semplicemente una qualifica sopravvissuta a un'attività marinaresca della sua giovinezza. Era un uomo di poche parole, con un senso dello humour piuttosto originale e corrosivo, molto attento e sensibile nei rapporti di amicizia, conoscitore delle professioni più impensate e, pur senza essere un donnaiolo, ben consapevole delle presenze femminili, al punto da sembrare dipendente da esse. A questo proposito, rivolgeva spesso ermetiche e fugaci allusioni a Bashur, il quale si limitava a registrarle con un vago sorriso.

Qui devo fare un breve inciso prima di proseguire con la storia del capitano. Dal momento in cui questi aveva menzionato Bashur e il Gabbiere, avevo avuto la tentazione di rivelargli che conoscevo bene il primo, anche se solo di nome, avendone sentito parlare proprio dal secondo, mio vecchio amico, del quale da molti anni raccoglievo racconti e confidenze, di sicuro interesse, secondo me, per chi ama conoscere la vita burrascosa e inimitabile di quegli individui d'eccezione che non si lasciano incanalare nella grigia routine di questi tempi di rassegnata ottusità. Ma pensai che, se avessi rivelato al narratore i miei legami con quella persona, egli avrebbe forse troncato le sue confidenze o taciuto episodi eventualmente compromettenti per Bashur o il Gabbiere. Preferii dunque non parlarne. Quando il marinaio basco terminò la sua storia, mi resi conto di aver fatto bene, perché a niente sarebbe servito fargli sapere qualcosa che per lui apparteneva a un passato per sempre sepolto, se non nell'oblio, certo nelle tenebre irrevocabili di ciò che mai più tornerà. Una seconda ragione che mi spinse a celare i miei rapporti con i suoi soci fu il dubbio che questa circostanza, anch'essa del tutto fortuita, potesse risvegliare negli ardui recessi dell'animo del basco una comprensibile diffidenza, o almeno una qualche riserva di fronte al moltiplicarsi di coincidenze alquanto improbabili. Il caso è sempre sospetto: sono molte le maschere che lo imitano. E ora torniamo al capitano dell'*Alción*.

La proposta che gli fecero era molto semplice ma, come già mi aveva detto, accettarla significava infrangere il principio di offrire i suoi servigi solo alle grandi compagnie di navigazione evitando sempre la tortuosa e imprevedibile avventura dei Tramp Steamers. Ora, si trattava proprio di gestire, con un socio alla pari, un cargo che si trovava in riparazione nei cantieri di Pola. Era una nave di seimila tonnellate, con stive capaci e due gru. Le macchine erano in buono stato anche se lavoravano da trent'anni senza grosse riparazioni. Apparteneva a una sorella di Bashur, che l'aveva ricevuta in eredità da uno zio. Warda, questo era il nome della donna, desiderava emanciparsi dagli interessi amministrati in comune dalla famiglia. L'attività del cargo poteva garantirle una rendita che le avrebbe permesso di realizzare quel progetto. Abdul non entrò in particolari, ma era facile intuire che Warda era più europeizzata delle altre due sorelle e, senza dubbio, dei suoi numerosi fratelli. Abdul non vedeva di malocchio quel desiderio di indipendenza della sorella, ma sperava, comprensibilmente, che si potesse realizzare senza pregiudizio per gli affari gestiti in gruppo dal resto dei Bashur. Iturri avrebbe percepito la metà dei profitti, dedotte spese e tasse. La proposta era interessante, ma prima di accettarla Iturri pose due condizioni: conoscere la nave e parlare con la proprietaria. Quando accennò a quest'ultima, il capitano colse un'ombra nello sguardo del Gabbiere. Più che un'ombra, era una sorta di anticipata e torbida curiosità sugli esiti che l'incontro poteva riservare a un uomo come quello straniero, venuto dagli sperduti casolari di montagna che danno asilo a una gente singolare e imprevedibile. Che ci fosse tutto questo nello sguardo del Gabbiere poteva essere – e certo era – una conclusione a posteriori del mio compagno di viaggio. È più prudente pensare che negli occhi dell'amico di Bashur si affacciasse un «vedrai!» carico di vaghe promesse.

Bashur accettò le condizioni. Le spese del viaggio a Pola sarebbero state a carico della proprietaria del Tramp Steamer. Poiché Iturri aveva ancora diversi affari da sbrigare ad Anversa, decisero di partire per l'Italia una settimana più tardi. Nel frattempo Jon si dedicò a raccogliere informazioni su Bashur e i suoi amici. Ho già detto quali fossero i risultati dell'indagine. Il direttore di una banca ispano-francese con il quale Jon Iturri era in buoni rapporti di amicizia e di tanto in tanto giocava a biliardo, gli sintetizzò la sua opinione con parole che definivano la coppia in modo molto preciso: «Guardi,» gli disse «è gente che mantiene la parola, o quanto meno cerca sempre di rispettare gli impegni. Fanno un sacco di cose insieme. Non tutte strettamente conformi alla legge. Quel Gabbiere, per esempio, stava con una triestina che era anche l'amante di Bashur, ma senza che l'amicizia fra i due compari ne venisse intaccata. L'immaginazione di questa dama per le più sorprendenti e rischiose combinazioni finanziarie ha raggiunto vertici deliranti, ma ne sono sempre usciti bene, e ridendo tutti e tre a crepapelle. Non credo che i fratelli di Bashur si unissero a loro in simili eccessi. Sono più posati, più seri – ma non meno implacabili quando c'è di mezzo il profitto. Della sorella non so granché. Mi pare che finora l'abbiano tenuta nascosta. Sa come sono i musulmani. Se adesso vuole emanciparsi, deve avere un carattere tremendo. Bisogna andare, vedere e parlare».

Così fece. Qui sono tenuto a esigere dalla mia memoria la maggiore fedeltà possibile, per poter trascrivere con precisione le parole di Iturri. L'incontro con Warda sull'*Alción*, se non è raccontato con gli elementi da lui sottolineati in modo molto particolare, corre il rischio di cadere nella abusata banalità dei romanzetti rosa. Niente potrebbe falsare tanto il racconto, spogliandolo del suo carattere fatale e insostenibile, quanto il tingerlo di una simile sfumatura. Cercherò dunque di riferire alla lettera le parole del mio amico.

Arrivarono a Pola di notte, dopo un viaggio di quasi due giorni, parecchi cambi di treno e lunghe attese nelle stazioni semiparalizzate dagli endemici scioperi italiani. Bashur e il Gabbiere andarono al molo perché volevano dormire sulla nave. Il capitano preferì un albergo del porto. Inoltre aveva l'impressione che essi desiderassero parlare subito e senza testimoni con la proprietaria dell'*Alción*. Jon crollò sul letto come un tronco e dormì fino alle nove del mattino seguente. Quando aprì la finestra della camera si rese conto di trovarsi proprio davanti ai moli. Bastava attraversare la strada per arrivarci. Fra tutte le navi che caricavano e scaricavano nel porto, nessuna gli sembrò avere le caratteristiche di quella che, fra poco, poteva essere sua anche se solo in parte. Ricordò che gli avevano detto che era in cantiere, sottoposta a lavori di poca importanza. Quando scese, Bashur e il suo amico lo stavano aspettando in strada. Passeggiavano davanti alla porta dell'albergo, assorti in una conversazione che non aveva nulla a che vedere con il motivo del viaggio. «Queste due volpi» pensò «devono avere per le mani cose ben più complicate e torbide della storia del cargo. Non vorrei mai averli come nemici». Lo salutarono con molta cordialità, e tutti e tre si avviarono verso il molo. Iturri disse loro di non aver visto il cargo dalla finestra della sua camera. «È dietro a quella nave svedese che fa crociere per Tiflis» gli spiegò il Gabbiere con un tono che al basco sembrò ironico. Continuarono a camminare e infatti, dietro il grande transatlantico dal candore immacolato, c'era l'*Alción*, come accasciato lungo il molo. Gli avevano dato una leggera rinfrescata, che non riusciva a nascondere le tracce del lungo navigare alle latitudini e nei climi più inclementi del globo. Il basco aveva indubbiamente conosciuto ogni sorta di navi con lunghe storie e cicatrici vistose. Questa però, nel suo palese decadimento, le superava tutte. Si sentì stringere il cuore. In che situazione andava a cacciarsi navigando di porto in porto con quel relitto, alla ricerca di un improbabile carico? Ma la sua razza ha fatto del silenzio un'insondabile arma d'acciaio, e senza proferire parola Iturri salì dietro ai due uomini che continuavano, con maniere alquanto discutibili, la conversazione iniziata per strada. Entrarono in quella che doveva essere la cabina del comandante. Era stata appena imbiancata, e gli ottoni brillavano, lucidati con passabile scrupolosità. Ma la branda, il tavolino – con un lato fissato alla parete da due cerniere che permettevano di alzarlo per guadagnare spazio – e un paio di sedie di mogano massiccio denunciavano un'usura spietata, impossibile da mascherare, un logorio irrimediabile quasi degno di un museo. Si vedeva che risalivano a prima della Grande

Guerra. Bashur estrasse dalla piccola cassettiera sopra la branda alcune carte ingiallite e le stese sul tavolo. Erano i piani della nave. Su quelle cominciò a spiegare le caratteristiche del mercantile al probabile socio della sorella. «Poi visiteremo la sala macchine, le stive e tutto quello che vorrà vedere. Non vogliamo che per nessun motivo lei prenda una decisione affrettata. So che la nave non è esattamente tale da suscitare ottimismo. Ma l'aspetto inganna, è molto più resistente di quanto sembri». «Chiacchiere da levantino con un fondo di verità» pensò Iturri e si concentrò nell'analisi delle carte. In quel momento realizzò che la luce che entrava dalla porta si era d'improvviso mutata in penombra. Qualcuno dalla soglia lo stava guardando. Sollevò la testa e non riuscì a dire niente. Quello che aveva visto è praticamente impossibile da rendere a parole. Un lampo di malizia negli occhi del Gabbiere gli trasmetteva un muto «te l'avevo detto» fra insolente e benevolo.

Warda, la sorella di Bashur, li osservava a uno a uno. Aveva iniziato dal capitano e ora indugiava su Abdul. «Era un'apparizione di una bellezza assoluta,» cerco di ricostruire le parole del marinaio nella notte sul grande fiume «alta, dal viso armonioso, con tratti da mediterranea orientale affinati al punto da essere quasi ellenici. I grandi occhi neri avevano uno sguardo calmo, intelligente, dove la fretta o l'evidenza eccessiva di una emozione sarebbero parse un disordine inconcepibile. I capelli corvini scendevano con la densità del miele sulle spalle erette, simili a quelle dei *koûroi* del Museo di Atene. I fianchi stretti, la cui morbida

curva finiva nelle lunghe gambe leggermente piene come quelle di alcune Veneri dei Musei Vaticani, davano al corpo slanciato un definitivo tocco di femminilità che subito dissipava una certa aria da efebo. I seni floridi e sodi completavano l'effetto dei fianchi. Portava una giacca di alpaca blu poggiata sulle spalle e una gonna a pieghe color tabacco chiaro. Una camicetta di seta di taglio classico e una sciarpa, pure di seta, a rombi verdi, rossi e marroni, che le scendeva semplicemente attorno al collo, contribuivano a dare all'insieme una vernice europea, direi anzi occidentale, evidentemente voluta. Le labbra, appena sporgenti ma dal disegno perfetto, accennarono un sorriso mentre le sopracciglia nere, folte pur senza rompere l'armonia del viso, si distendevano. "Buon giorno, signori" salutò in francese senza cercare di nascondere l'accento arabo che mi sembrò particolarmente grazioso. Aveva una voce ferma, i cui toni bassi toccavano a volte una lievissima raucedine involontaria di una sensualità in alcuni momenti perfino sconcertante. Baciò il fratello sulla guancia con un'aria così mondana da togliere al gesto qualsiasi parvenza di familiarità, e a noi porse la mano per una stretta energica, impersonale, a braccio teso, come per stabilire una distanza che pure era evidente».
Credo non sia superfluo avvertire i lettori che certe allusioni museografiche presenti in questa descrizione sono da attribuire a me. Iturri aveva menzionato qualcosa come «quelle statue di donna che si trovano a Roma» e «i *koûroi* che si trovano ad Atene». Raccontò poi come avevano visitato anche gli angoli più reconditi della nave e come Warda aveva dimostrato di

conoscere con sufficiente autorevolezza certi particolari relativi alle macchine, alla capienza delle stive e al funzionamento delle gru. Camminava al passo degli uomini che erano con lei, con un incedere fermo, risoluto, che tuttavia in nessun modo si sarebbe potuto definire sportivo. «Era levantina al cento per cento,» precisò Iturri «e il suo voler assumere le mode e la vita occidentali non alterava in nulla quei segni inequivocabili, essenziali, propri della sua razza. Anzi, più la si conosceva e più ci si rendeva conto che non era solo soddisfatta, ma anche orgogliosa del suo sangue arabo».

Tornarono in cabina per continuare la conversazione, ma Warda propose di andare nella hall dell'albergo in cui alloggiava. «Là staremo più comodi e potremo bere qualcosa. O forse il capitano desidera vedere qualche altra cosa?». A Jon era passata per la testa l'idea di lanciare una galanteria da collegiale, del genere: «Qui non c'è altro da vedere che lei». Fu appena una tentazione, immediatamente repressa, ma era curioso che se ne ricordasse ancora. «No, è sufficiente. Per me, possiamo andare» fu quanto rispose, rifugiandosi nei suoi modi schietti ma impeccabili da basco di buon ceppo. Allora si rese conto che Warda lo guardava di tanto in tanto con un interesse privo di curiosità. Intendeva certo valutare le capacità professionali dell'uomo da cui sarebbe dipesa in gran parte la soluzione pratica del suo futuro. Quando lui le cedette il passo per scendere la scaletta, Warda gli rivolse un sorriso che ne scoprì i denti grandi e regolari, di un color avorio chiaro. La carnagione aveva un leggero tono olivastro intenzionalmente messo in risalto dalle tinte dell'abito. «Era un sorriso di approvazione,» spiegava Jon con una serietà quasi commovente «di consenso, non solo per le mie doti di marinaio, ma anche per qualcosa di più personale. Nient'altro che soddisfazione per alcune particolarità esteriori del mio aspetto e delle mie maniere. Quanto a me, ero completamente soggiogato da quel miscuglio di una bellezza inconcepibile, una solida intelligenza e un carattere ben definito, che manifestava il proposito di rompere gli ormeggi che la legavano al secolare totem familiare della sua gente. Nella hall del piccolo ma elegante albergo di Pola in cui Warda alloggiava continuammo a discutere dell'affare. I fratelli ordinarono un succo di frutta: anche se non praticavano la religione islamica, di quando in quando sembravano rispettare certi precetti coranici. Ebbi l'impressione che Abdul ci avrebbe fatto volentieri compagnia con una bevanda alcolica, ma se ne fosse astenuto di fronte alla sorella minore. Il Gabbiere ordinò un Campari con gin e ghiaccio ed io feci lo stesso, dimenticando la mia regola di non bere mai alcol prima di mezzogiorno. Questo e altri sintomi non meno evidenti cominciavano a indicarmi che qualcosa stava cambiando in me per sempre e che quel mutamento era dovuto alla presenza di Warda. Un ulteriore segnale fu la mia accettazione, indiscriminata e senza tanti preamboli, delle condizioni dell'accordo con i Bashur. Nemmeno oggi potrei ricordarne con certezza tutte le clausole. Gli unici dettagli che conservo chiari nella memoria sono i pochi ma decisivi interventi della sorella di Abdul riguardo al modo in cui si doveva gestire la nave dal punto di vista commerciale: "Non voglio che si impegni a trasportare carichi che comportino rischi di alcun genere. Dovrà evitare il benché minimo attrito con le compagnie di assicurazione e con le autorità doganali" dichiarò guardando in modo assai eloquente il Gabbiere e suo fratello. Costoro dovevano essere degli esperti in quel genere di traffici, perché sorrisero scambiandosi un'occhiata, senza però fare commenti. C'era un'altra condizione che Warda pretese in modo altrettanto perentorio, e che mai potrò dimenticare – più avanti capirà il perché: "Desidero verificare di persona a scadenze periodiche la gestione commerciale della nave. Perciò, capitano, avrà la cortesia di tenermi informata dei suoi itinerari, e io le comunicherò in che porto ci incontreremo. È chiaro che per tutto quanto riguarda la manutenzione, i contratti col personale e i viaggi dell'*Alción*, lei ha completa libertà e assoluta autonomia"».

Iturri acconsentì immediatamente, senza far caso a quel che potevano significare quei futuri incontri e alla responsabilità che essi implicavano di render conto del suo lavoro. Si stabilì che la regolarizzazione notarile dell'accordo e la corrispondente registrazione negli uffici portuali sarebbero state fatte a Pola nel più breve tempo possibile. Warda fu la prima ad alzarsi e salutare. Desiderava riposare un po', disse, perché aveva viaggiato tutta la notte sull'orribile treno con cui era arrivata da Vienna. Stringendo la mano a Iturri, gli disse tra il serio e il faceto: «Sono sicura che l'*Alción* avrà un capitano eccellente e lei una socia che non le darà problemi. Mi dica, suo padre o sua madre erano inglesi?». «No,» le rispose lui divertito sapendo già il perché della domanda «tutti i miei antenati erano baschi e sono vissuti per secoli nella medesima regione. Se me lo chiede per il nome, si tratta di una semplice coincidenza. Jon è un nome altrettanto basco di Iñaki. Si scrive senza l'acca del nome inglese». «Molto bene,» disse lei «terrò presente. Io ci sarei cascata, avrei messo l'acca». Jon si limitò a scuotere la testa per indicare che non aveva importanza. I tre uomini si trattennero ancora per definire alcuni particolari del contratto. Poi andarono a mangiare in una taverna del porto. Argomento unico della conversazione furono storie di mare, raccontate perlopiù dal Gabbiere, la cui esperienza in quel campo sembrava inesauribile. «La mia prima impressione sull'amico di Bashur cambiò completamente» precisò il basco. «Mi resi conto che i miei pregiudizi provinciali e nazionali non mi avevano permesso di percepire a prima vista l'enorme ricchezza di esperienza e l'umanità densa e cordiale di quell'uomo, del quale non sono mai riuscito a scoprire la nazionalità, e nemmeno il nome esatto, un nome che aveva un suono vagamente scozzese, ma sarebbe potuto essere anche turco, o iraniano. Appresi, in seguito, che viaggiava con passaporto cipriota. Ma questo non significava nulla perché lui stesso mi fece capire che non c'era da fidarsi troppo dell'autenticità di quel documento».

Bashur e il suo amico tornarono ad Anversa il giorno seguente. Anche Warda disse che sarebbe rientrata a Vienna non appena fossero pronte le carte che doveva firmare con Jon. Questo avvenne il giorno dopo la partenza di

Bashur. Iturri portò il suo bagaglio sulla nave e sistemò la sua cabina con la diligenza di uno scolaro. Avrebbe trascorso lì dentro un tempo indeterminato ma, stando al contratto, non inferiore a due anni. Ebbe poi un incontro con quattro meccanici e un nostromo che gli erano stati raccomandati negli uffici del porto, e decise di cercare il resto dell'equipaggio negli elenchi del personale disponibile appesi alle grandi porte di ingresso ai moli. Stava appunto esaminando uno di quegli elenchi quando fu sorpreso dalla voce di Warda Bashur che, alle sue spalle, gli parlava quasi nell'orecchio: «Io non mi fiderei molto. Ma veda lei. Non vorrei passare per diffidente». Si girò a guardarla e la bellezza di lei, nel vederla vestita diversamente, lo sconcertò, lasciandolo di nuovo senza parole. Indossava un semplice vestito di cotone a grandi fiori in vari toni pastello. Come la prima volta, portava sulle spalle una giacca lunga di lana cruda. «La credevo già a Vienna» commentò lui tanto per dir qualcosa. «Ma come ha potuto pensare che me ne sarei andata senza salutare il mio socio? Inoltre ci sono altre questioni da discutere. Ha qualche impegno per cena?» gli domandò Warda. «No, sono libero. Dove ha voglia di cenare?» rispose lui, curioso e lusingato a un tempo di fronte alla prospettiva di una cena da solo con lei. «Mi dica, capitano, è un appassionato di frutti di mare? Io ne sono un po' stufa. C'è una taverna jugoslava nella strada dietro il suo albergo. Che ne dice se ci vediamo lì alle otto?». Non seppe trattenersi e le propose di passare a prenderla in albergo. «Lei è molto gentile, ma so badare a me stessa e mi piace guardare le poche vetrine della via principale. Gli uomini trovano questo molto irritante». Nelle parole di Warda c'era sempre come un invito nascosto a farsi rispondere con una galanteria. Almeno così sembrò a Iturri, il quale stava per dirle che anzi, lungi dall'annoiarlo, il programma gli sembrava incantevole. Ma non lo fece. Un istinto sagace lo teneva lontano da simili tentazioni. C'erano in lei una compostezza, e un tono lievemente autoritario nel modo di parlare con lui, ma anche con Abdul e il suo amico, che non ammettevano i facili corteggiamenti con cui a molte donne piace giocare. Jon si limitò quindi a confermare che si sarebbe presentato all'ora indicata e lei lo salutò con l'abituale stretta di mano. A Jon era passata la voglia di continuare l'esame di quegli elenchi e andò alla nave per ordinare al nostromo – un algerino dallo sguardo torvo, ma il cui carattere mite e i modi lenti gli ispiravano piena fiducia – di provvedere lui stesso a ingaggiare gli uomini che servivano. Almeno quelli necessari per il primo viaggio. Voleva andare anzitutto ad Amburgo, dove parecchi commercianti di caffè amici suoi avrebbero potuto affidargli un carico per i paesi scandinavi e per alcuni porti del Baltico.

Quando arrivò al ristorante lei lo stava aspettando. Lui commentò con ironia che a quanto pareva non c'erano vetrine molto interessanti lungo la strada. «Né interessanti né di nessun altro genere. Non c'è nulla. È una città morta, buona solo per villeggianti smarriti. Questo genere di posti ci mette poco a deprimermi». Iturri pensò che l'educazione della minore dei Bashur doveva essere costata alla famiglia non pochi grattacapi. La cena era eccellente, e il vino ancora meglio: un bianco della Bosnia appena un po' asprigno, con un lieve aroma fruttato, sicuramente genuino. Parlarono di Amburgo, dei progetti per il futuro e di come avrebbero fatto per restare in comunicazione. Warda avrebbe dato al capitano il numero di una casella postale a Marsiglia da cui la corrispondenza le sarebbe stata spedita ovunque si trovasse. Lui le chiese se pensava di viaggiare molto. «Per via della posta,» le spiegò «non per altro». «E per cos'altro potrebbe essere?» replicò lei in tono di sfida cordiale. «Curiosità, pura e semplice curiosità. Di solito noi uomini siamo molto più curiosi delle donne. Ma sappiamo dissimularlo meglio» rispose lui nello stesso tono. Lei chiarì che proprio di questo desiderava parlargli: «Finora sono vissuta sotto la tutela delle mie sorelle maggiori, e dei miei fratelli, i quali però non si sono dimostrati troppo rigidi, come si potrebbe pensare trattandosi di una famiglia musulmana. Sono state piuttosto le mie sorelle ad assumersi il compito e lo hanno assolto scrupolosamente. Tutto questo aveva senso quando ero minorenne, ma adesso ho ventiquattro anni e la cosa, oltre che insopportabile, è ridicola. Le mie sorelle, entrambe sposate, sono le tipiche donne rassegnate che seguono con finto interesse gli affari del marito, si occupano dei figli e tengono in ordine la casa. Hanno sempre desiderato che lo facessi anch'io. Il fatto curioso è che non sono mai stata e non sono una ribelle. Forse un destino abbastanza simile a quello delle mie sorelle non mi dispiacerebbe, ma voglio scegliermelo da sola, tenendo conto dei miei gusti e delle mie preferenze personali, che non sono ancora ben definiti, ma che spero di consolidare vivendo un po' a Parigi, un po' a Londra e un po' a New York. Sono una divoratrice di libri e un'appassionata di pittura. La pittura appesa alle pareti, voglio dire, perché personalmente non saprei tracciare una sola linea che assomigli a qualcosa. Insomma, per tutti questi motivi la prego di non rivolgersi in nessun caso ai miei familiari quando vorrà mettersi in contatto con me, e di non far cenno, se un giorno ne incontrasse qualcuno, dei miei spostamenti. Non ho nulla da nascondere ma, se apro il minimo spiraglio, sono pronti a insinuarsi, e non mi lascerebbero fare a modo mio. Non vorrei sembrarle una ragazza in piena crisi di ribellione. Le ripeto che sono una persona abbastanza tranquilla; gli eccessi, le esagerazioni e le grandi frasi mi irritano. E non ho nemmeno l'abitudine di aggrapparmi a qualcosa che mi sembri definitivo. Niente lo è. Il poco che ho vissuto mi è bastato per esserne certa. Forse le sembrerà strano che mi soffermi su un argomento così personale, ma conosco bene i miei, e intendo proteggere la mia vita da qualsiasi loro intervento, almeno per ora, in questo periodo di prova e di formazione, come lo chiamo io un tantino pomposamente». Iturri le assicurò, com'è ovvio, che avrebbe salvaguardato la sua indipendenza e si arrischiò perfino a commentare che il programma gli pareva di un buonsenso inconfutabile. Era certo che il risultato di quell'esperienza europea, in una donna come lei, sarebbe stato solido e positivo, e sicuramente tale da comportare un cambiamento radicale in molte delle sue idee e delle sue abitudini. Warda si affrettò a dirgli che non se lo augurava tanto radicale e non desiderava cambiare troppe delle cose che in quel momento costituivano la sua vita. «Diciamo pure che sono conservatrice, ma voglio decidere io che cosa conservare, senza consultare gli altri né dipendere dalla loro approvazione».

Jon era sorpreso dal modo in cui Warda parlava di sé, con un'intelligenza e un'obiettività non solo poco femminili – così almeno gli sembravano – ma anche del tutto inaspettate, tenuto conto della sua età e della limitata esperienza che doveva avere della vita. C'era qualcosa in lei che cominciava ad affascinare il basco in maniera tutta particolare. Era quel miscuglio di serenità e di sicurezza naturale, quel modo pacato di guardare a se stessa e al suo futuro, e con una sfumatura di qualcosa che, pur non potendosi chiamare tenerezza, esercitava sull'interlocutore un effetto balsamico. Là non c'erano spigoli, né scorciatoie imprevedibili, né meccanismi occulti sul punto di esplodere, e tutto questo si esprimeva attraverso lineamenti di una perfezione fuori del tempo e un corpo non meno armonioso e saldo. Iturri pensava che durante quel colloquio, e gli altri che avevano avuto nei giorni precedenti, l'avevano certamente divertita l'attonita ammirazione e l'affascinato stupore che doveva avergli letto in faccia a ogni istante: e ricordandosene arrossiva. La bellezza e l'equilibrio di Warda esercitarono su di lui, fin dal principio, un'influenza profonda, le cui ramificazioni si fecero sempre più evidenti e decisive. Anche se poteva suonare enfatico ed esagerato, per Jon il mondo era cambiato: poiché ospitava persone simili, non era come aveva creduto lui fino a quel momento. Egli avrebbe compiuto cinquant'anni pochi giorni dopo, e all'improvviso tutto quello che lo circondava assumeva un aspetto completamente nuovo e sconcertante. Era molto difficile da spiegare. Definire «amore» un fenomeno così totale avrebbe significato cadere in una semplificazione di inaudita superficialità. Quando si pronuncia la parola «amore», le carte sono quasi sempre truccate. In lui si era svegliato qualcosa che per il momento non era possibile racchiudere in parole.

Lasciarono il ristorante e lui, senza offrire e senza imporre nulla, la accompagnò fino all'albergo. Salutandolo lei gli disse con un sorriso affabile e lievemente ironico: «Bene, capitano, aspetterò sue notizie. Si ricordi che il mio futuro è nelle sue mani». Lui rimase un attimo assorto davanti alla porta girevole attraverso la quale Warda era scomparsa. Tornò alla nave e, senza svestirsi, si buttò sulla branda per cercare di ricostruire ogni tratto di quel viso, ogni tono di quella voce: e sprofondava nell'incanto di filtri che si perdevano nel passato della sua razza di maghi e di santoni, di guerrieri e di navigatori senza stella.

Le notti nella palude, sotto il cielo stellato, di una tiepida, palpitante fosforescenza, erano propizie alle lunghe confidenze di Jon Iturri. Il modo in cui le riassumo e le ordino qui non permette, purtroppo, di rendere gli accenti di emozione trattenuta che andavano crescendo col procedere del racconto. La maniera in cui il comandante insisteva sulla bellezza di Warda Bashur aveva un che di reiterativo, come di salmodia o di cantilena. Era commovente sentirlo lottare con le parole, sempre così povere e così inadeguate di fronte a un fenomeno come la bellezza di un essere umano allorché essa attinge l'ineffabilità assoluta. C'era, ad esempio, l'ansia di descrivere il modo in cui la ragazza era vestita nelle diverse occasioni. Forse Jon pensava di riuscire nel suo intento da un'altra angolazione, sentendo che la mera descrizione del viso e del corpo lasciava appena aleggiare un'immagine inafferrabile e assai confusa. Per altre ragioni, imputabili questa volta al pudore naturale e al riserbo della sua razza, incespicava continuamente anche nella descrizione dei suoi rapporti con Warda e del modo in cui finirono per accedere all'*hortus clausus* di un'intimità che gli era impossibile precisare, oltre che per le ragioni che ho detto prima, per il suo carattere di uomo di mare, impacciato nel muoversi tra le finzioni e i tranelli propri delle storie della gente di terra. Cercherò di seguire un percorso più lineare e conciso di quello seguito da Jon in quelle notti sulla palude in cui mi fece il commovente racconto della sua esperienza.

Dopo aver caricato ad Amburgo caffè e pezzi di ricambio per macchinari pesanti destinati a Gdynia e a Riga, tornò a Kiel, dove imbarcò un altro carico per Marsiglia. Comunicò l'itinerario alla comproprietaria dell'*Alción* nel modo convenuto. Con il Tramp Steamer gli succedeva una cosa molto curiosa: si andava abituando all'apparenza ingrata della nave, che era, come Bashur gli aveva annunciato ad Anversa, abbastanza ingannevole. Le macchine, sebbene risalissero ai primi anni del secolo, avevano ricevuto cure talmente scrupolose e solerti che funzionavano molto meglio di quanto le loro aritmie e le loro lamentose intermittenze lasciassero supporre. La mancanza di vernice, la ruggine che a poco a poco guadagnava terreno fino agli angoli più reconditi della nave e quella sua sagoma sfortunata erano difetti in parte rimediabili, che si proponeva di correggere alla prima occasione. Le gru lavoravano senza grossi intoppi e, nonostante certe lentezze e titubanze che facevano dannare gli scaricatori, non si fermavano mai del tutto. Jon finì per provare verso la sua nave solidarietà e simpatia, e prendeva molto male le battute, a volte spiritose, a volte decisamente insolenti, che le indirizzavano colleghi e portuali. Ogni qualvolta ne sentiva una, non poteva fare a meno di rimuginare tra sé: «Chissà che faccia farebbero se conoscessero la padrona – certo vedrebbero l'*Alción* in modo ben diverso».

A Marsiglia trovò ad aspettarlo un breve messaggio di Warda che gli annunciava il suo arrivo per il giorno dopo. Non specificava l'albergo e neanche il mezzo di trasporto che aveva scelto. Il mezzodì successivo, nel pieno dei lavori di scarico, sotto il sole di giugno che fiammeggiava in un cielo senza nuvole, Jon la vide apparire ai piedi della scaletta. Era arrivata con un taxi che ripartì immediatamente. Lo salutò con un gesto della mano di inattesa familiarità e cominciò a salire svelta gli scalini traballanti. Lui era in maniche di camicia, senza il berretto da marinaio che pure si toglieva di rado, e costretto a occuparsi di una gru che si inceppava ad ogni istante. Lei era splendida, e ancora una volta Jon restò sbalordito da una bellezza che a ogni cambio d'abito rinnovava il suo fulgore come un'apparizione mai vista prima. «Avrei polverizzato quella maledetta gru,» commentò con me «perché accaparrava un'attenzione che volevo dedicare interamente alla bella visitatrice. In certe occasioni le macchine fanno gli stessi capricci stupidi e irritanti degli uomini. Per fortuna il nostromo venne in mio aiuto e affidai a lui la sorveglianza dell'operazione». Warda gli propose di andare in un ristorante sulla Cannebière i cui proprietari, suoi connazionali, conoscevano i fratelli Bashur: «Lì, due cose le posso garantire: un vino onesto e una *bouillabaisse* come veniva servita al maresciallo Masséna quando passava di qui. Almeno così dicono loro: pensano che Masséna sia un maresciallo della Grande Guerra. Non li informi dell'errore perché potrebbe essere fatale per la *bouillabaisse*». Aspettò in coperta mentre Jon faceva una rapida doccia e si cambiava. Il posto era realmente eccezionale. Il vino bianco andava giù con intelligente freschezza, lasciando gli aromi del piatto spandersi sul palato in piena libertà, appena protetti dall'aura fruttata e terrigna della Clairette de Die dell'anno prima. Jon passò sommariamente in rassegna le sue attività e informò Warda del risultato finanziario delle operazioni che, senza essere brillante, raggiungeva più o meno la cifra da lei calcolata per rendersi indipendente. Il tono della conversazione aveva un calore e una spontaneità che non c'erano mai stati prima fra di loro. Adesso era come se ciascuno dei due avesse elaborato nella memoria l'immagine dell'altro, e questo avesse stabilito un territorio comune, non menzionato ma sempre presente in quel secondo incontro. Jon le chiese come procedeva la sua esperienza europea e a quali conclusioni era arrivata in quei mesi. «Glielo chiedo» chiarì «perché l'avevo sentita entusiasta dell'esperienza e mi ero astenuto dal fare commenti che potessero influenzarla in modo negativo. Lei è troppo intelligente per sottovalutare gli ostacoli che il contatto con l'Occidente europeo presenta per chi non ha ancora una sensibilità affievolita e non guarda con occhi da turista. È chiaro che, dal vostro punto di vista, l'Europa finisce per essere un continente abbastanza giovane, una specie di America un po' più assestata. O forse mi sbaglio?». «Sì,» rispose lei con un sorriso «si sbaglia di grosso. Lei mi attribuisce, non so perché, un'intelligenza superiore alla media. Ma no, tutto sommato anche noi arriviamo in Europa con occhi ingenui. La nostra vecchia civiltà manifesta ormai da anni una certa stanchezza; avvertiamo tutta l'usura e il logorio di abitudini e idee che non servono più nemmeno a vivere nella nostra terra. Ma se vuole che le racconti cosa sto provando in Europa, parlerei di una lenta ma crescente delusione. Sento di essere fatta per altri luoghi, altri climi. Quali? Non so, non posso ancora spiegarlo. Ma certo non si tratta semplicemente di nostalgia per il mio paese e la mia cultura. È come se tutto ciò che ora cerco di vedere e assimilare in Europa mi fosse già noto e mi avesse già annoiata da prima. Forse a lei, che conduce una vita da uomo di mare, senza una dimora stabile, sembrerà ovvio che sia così. Non so. Mi piacerebbe che me lo dicesse». Uno sguardo umido, intenso, fissò Iturri in attesa delle sue parole. «Sapevo bene che cosa avrei dovuto rispondere,» commentava il basco «e nello stesso tempo mi rendevo conto che non stavamo più parlando da vecchi amici, bensì da complici di un sentimento appena nato, non ancora esplicito ma ormai evidente dal tono che prendeva il nostro colloquio. Il vino bianco contribuiva non poco ad allentare le nostre difese e le nostre paure. Eravamo ormai in un'altra storia, in un rapporto diverso. Pensando al nostro primo incontro, ricordavamo come fossimo estranei l'uno all'altro. Non lo dicemmo. Le parole non erano necessarie – almeno quelle che avrebbero potuto alludere in modo diretto e brutale al mutamento avvenuto. Noi lo percepivamo: questo era l'importante. Date le circostanze, continuare a snocciolare idee più o meno generali e risapute sulla "esperienza europea" di Warda sarebbe stato abbastanza inutile, e oltretutto non era quello che lei desiderava sentire. L'importante, secondo me, era che riuscisse a conservare quella sua disponibilità, quella sua apertura di spirito: le risposte, le esperienze e i cambiamenti sarebbero inevitabilmente arrivati. L'*Alción* prometteva di continuare a rendere abbastanza per proseguire quell'educazione sentimentale – espressione che per un istante le fece aggrottare le nere sopracciglia quasi sempre serenamente immobili. Le spiegai che il concetto andava ben al di là del semplice "territorio amoroso". A un tratto mi fece la confidenza che segnò l'avvio definitivo di una storia comune. "So a che cosa si riferisce" mi disse. "Quello che lei chiama territorio amoroso l'ho già percorso, e anche più di quanto lasci supporre la mia età. Non creda troppo al luogo comune della vigilanza musulmana. Ho avuto diversi uomini nella mia vita. *No regrets*. Ma neanche ricordi che valga la pena di conservare. Detto questo, continuiamo con la mia 'educazione sentimentale'. Conto sul suo aiuto". Le dissi che già ce l'aveva. "Ma non so" aggiunsi "che cosa possa apportare di valido, di positivo, un cinquantenne come me". "L'ha già apportato ed è già stato messo in conto" mi rispose, con uno sguardo, il primo di franca e gioiosa civetteria, che mi ridusse nello stato di quei gatti che cadono dal tetto e, per un momento, non sanno né cosa sia accaduto né dove si trovino. Quando lasciammo la taverna libanese era mezzanotte passata. All'improvviso lei fermò un taxi, e salutandomi con una certa precipitazione mi disse: "Vado in albergo a recuperare un po' di sonno. Non ho dormito un istante durante il viaggio. Suppongo che il molo sia a pochi passi, vero?". No, il molo era molto più lontano del suo albergo, ma non volli stare a spiegarglielo. Era evidente che non desiderava continuare la chiacchierata, si difendeva da qualcosa, da un suo impulso, forse dal tono di intimità che andava assumendo la nostra conversazione. Già nel taxi, abbassò il vetro del finestrino per chiedermi dove avessi in programma di andare dopo Marsiglia. "Vado a Dakar, a imbarcare un carico per le Azzorre e da lì, con un altro carico, a Lisbona". "Ci vediamo a Lisbona" mi disse con gli occhi spalancati come se stesse ammirando qualche segreto incanto della città».

Iturri annuì in segno d'intesa e aspettò un altro taxi, che lo portò fino al molo. Mentre pagava e calcolava la mancia, si rese conto di essere definitivamente, profondamente innamorato. «Come un collegiale,» commentò «come un povero collegiale indifeso, sconcertato e timido. Da molti anni non mi sentivo così». Non dormì tutta la notte e il giorno dopo, con un feroce mal di testa, fece rotta verso Dakar sotto uno di quegli acquazzoni estivi che trasformano il Mediterraneo in un bagno di vapore. Pensò che era giunto il momento di far verniciare l'*Alción*. La frivolezza dell'idea lo fece arrossire. Non ci sarebbe stato il tempo. Aveva preso impegni per tutto l'anno con clienti che, conoscendolo bene, si fidavano della sua serietà e volevano aiutarlo. A Dakar le operazioni di carico richiesero più tempo del previsto. Quando arrivò alle Azzorre era già autunno inoltrato. Ricordò che Warda gli aveva parlato del suo progetto di visitare i grandi santuari della Russia ortodossa – Zagorsk, Novgorod, eccetera – a fine autunno. Cominciò a torturarlo l'idea di non riuscire a vederla a Lisbona. Era, di nuovo, una sensazione che non provava da un bel pezzo: l'attesa di una felicità che sentiamo irrinunciabile ma, col passare dei giorni, si va facendo meno certa. Un piccolo inferno che gli toglieva il sonno e gli impediva di lavorare a mente sgombra. Sentiva, alla bocca dello stomaco, un peso morto, un'oppressione che gli toglievano l'appetito. Il tragitto dalle Azzorre alla capitale portoghese si trasformò in un supplizio. A volte pensava di avere la febbre. Invano cercava di dirsi che a cinquant'anni, quando credeva di aver cancellato ormai da molto quel genere di esperienze, era alquanto preoccupante cadere a capofitto in un vicolo cieco che gli avrebbe fruttato, se si fosse arrischiato a perseverare, solo la doccia fredda di un ben meritato rifiuto. Entrando nella foce del Tago il cuore gli palpitava come a un qualsiasi adolescente sulla panchina di un giardino pubblico.

Non trovò nessun messaggio. Andò a visitare dei clienti con i quali doveva accordarsi per un trasporto di olio d'oliva e vini generosi a Helsinki. L'autunno stava morendo, e Lisbona mostrava il suo volto di opacità e di tristezza, così in accordo coi *fados* che i turisti nelle taverne fingono di apprezzare. Tornò alla nave con uno sconforto che gli rodeva dentro come i primi sintomi di una malattia tropicale. Aveva perso qualsiasi interesse per l'*Alción* e quando lo vide da lontano, ancorato in mezzo alla baia ad aspettare il suo turno di accesso ai moli, la figura sgraziata del Tramp Steamer risvegliò in lui un misto di irritazione e di noia. Stava per saltare sulla lancia che lo avrebbe riportato a bordo, quando sentì in lontananza una voce di donna che lo chiamava: «Jon! Jon! Mi aspetti!». Warda arrivava di corsa per la strada che scendeva al porto. Indossava dei pantaloni color crema e una camicetta rossa. Con un golfino beige chiaro gli faceva dei segnali perché la vedesse. Rimase fermo sul molo mentre dentro, in pieno petto, gli si scatenava una gioia incontenibile. Quando lo raggiunse, Warda gli diede un bacio sulla guancia che lui riuscì appena a restituire sfiorando la pelle leggermente umida di quel viso che da tanto tempo lo ossessionava. Senza dire una parola, la ragazza infilò il braccio sotto quello del capitano e lo guidò verso il centro della città. Attraversarono la Avenida Cuatro de Julio e presero per la Rua do Alecrim. Lei sosteneva che nelle viuzze del Barrio Alto doveva esserci qualche bar aperto. «Pensavo non venisse più. La immaginavo in cammino verso i luoghi santi della ortodossia slava». «Per ora c'è un'altra ortodossia con la quale è necessario mettersi in regola» rispose guardandolo con intenzione, divertita dalla faccia che faceva lui. Iturri aveva l'intrinseca incapacità dei baschi di dissimulare i propri sentimenti. «Trovammo un bar, e seduti lì cominciammo a rivelarci, lentamente ma inesorabilmente, i nostri sentimenti. Le confessai che avevo deciso, se non fosse comparsa, di far rotta per l'Australia e là dedicarmi al cabotaggio» mi spiegava Jon mentre nella sua voce, dopo tanti anni, affiorava ancora una disperazione inusitata, del tutto estranea al suo carattere aspro e riservato. Dei discorsi che fecero ricordava ben poco. Warda, senza perdere quella serenità e quell'equilibrio che tanto incanto davano alla sua giovinezza, gli confessò che la presunta educazione europea era andata in fumo e che per il momento le interessava solo restare al suo fianco. C'era qualcosa in lui che la colmava di una pienezza fino ad allora sconosciuta. Era tutto quello che voleva. Non pensava che il futuro riservasse loro la minima possibilità di costruire alcunché insieme. Neanche di questo si curava. Per il momento aveva solo bisogno di vivere quell'esperienza: radicarsi in un presente che le era necessario come l'aria che respirava. Jon balbettò qualche riserva sulla differenza di età, di nazionalità e di costumi. Warda alzò le spalle e gli rispose, con la sicurezza di una veggente, che lui stesso non credeva a quello che stava dicendo e che nulla del genere poteva minimamente contare. Erano le sei del pomeriggio e avevano bevuto varie bottiglie di Vinho Verde per accompagnare certi piatti di pesce fritto di qualità e sapore non indimenticabili. Arrivando in albergo, nell'Avenida da Libertade, cercavano di fingere un passo fermo e naturale. Jon si fece registrare come marito di Warda e salirono in camera stretti in un abbraccio che indusse il ragazzo dell'ascensore a voltare la testa varie volte per vedere se respiravano ancora. Seminarono gli indumenti nel tratto dalla porta al letto.

«Facemmo l'amore più volte, con la lenta e minuziosa intensità di quelli che non sanno cosa potrà accadere domani. L'ossessione di Warda a voler riempire di senso il presente poggiava sulla lucida consapevolezza delle scarse possibilità e degli ostacoli insormontabili che la nostra relazione aveva davanti. Nemmeno io, come le avevo detto al bar, vedevo alcuno sbocco. Questo ci spinse a rifugiarci nella voluttà dei nostri corpi, in un reciproco darsi che confinava con la disperazione. Nuda, Warda possedeva una sorta di aura, che emanava dalla perfezione del suo corpo, dalla struttura della sua pelle elastica e lievemente umida e da quel viso che contemplato da sopra, a letto, rivelava ancora di più il suo carattere di apparizione delfica. Non è facile spiegare, descrivere. A volte penso di non aver mai vissuto tutto questo. L'unica cosa che molte volte mi ha trattenuto dalla volontà di morire è stato pensare che anche quell'immagine sarebbe morta con me». Iturri, quando incontrava di queste barriere nel comunicare la sua esperienza, cadeva in lunghi silenzi nei quali una cupa disperazione rimestava i suoi sedimenti più amari. «Per tre giorni» continuò «restammo all'Hotel de Lisboa senza uscire dalla camera. L'avevamo trasformata in una specie di universo tutto nostro, la cui lenta rotazione era ritmata da un erotismo celebrato con poche parole e reciproche confidenze sulla nostra gioventù e sulla nostra scoperta del mondo. Warda aveva un'idea tutta particolare di quel che fosse la vita del marinaio. Della mia personale esperienza di navigatore potevo raccontarle ben poco. Nulla di eccezionale mi era mai accaduto nell'esercizio della professione, una grigia routine la cui monotonia era interrotta solo dalle variazioni di clima e di paesaggio imposte dal continuo viaggiare. Adesso non potrei ricostruire i nostri colloqui. Ricordo però che avevano, in virtù del carattere della mia amica, un tono pieno e disteso, in cui l'aneddoto e lo stupore cedevano il passo al raffronto delle nostre personali immagini del mondo e della gente. Warda aveva, ripeto, un che di pitonessa. Avanzava nel dormiveglia delle sue sensazioni con la fermezza dei sonnambuli. In questo era pienamente orientale, come un genio delle *Mille e una notte*».

Jon dovette infine tornare alla nave per occuparsi delle pratiche doganali che precedevano la partenza. Aveva già concluso per telefono, dall'albergo, il contratto del carico per Helsinki, dove avrebbe poi imbarcato una grossa partita di carta destinata a Veracruz. Warda rimase con lui tutto il tempo necessario per le pratiche. Seguiva con discreta ma intensa curiosità quelle procedure, cui attribuiva un mistero che faceva ridere Iturri. Nessuno dei due parlò mai del congedo e, quando arrivò il momento, lei si limitò a dirgli con voce che cercava di essere naturale senza riuscirci del tutto:

« Ti aspetto a Helsinki. Sarò al porto a riceverti ». Jon le spiegò che era costretto a passare da Amburgo per sostituire alcune parti dei motori, e che ci sarebbe voluto almeno un mese per via della lunga coda che bisognava fare al cantiere. Sarebbero arrivati a Helsinki con una temperatura di parecchi gradi sotto zero. « Quando la saprai, comunicami la data esatta del tuo arrivo. Sarò al porto ». Quella sicurezza, quella fermezza senza esitazioni, era uno dei tratti del carattere di Warda che più attraevano Jon. Aveva, per usare le sue parole, « la saggezza delle matrone di casa mia, ad Ainhoa, in un corpo di Afrodite. Troppo per la povera vita di un uomo ». Arrivati a questa parte della storia, Jon entrò in uno dei suoi silenzi: il più lungo, forse, di quelli che scandirono le sue confidenze notturne.

« Adesso » cominciò a dire quando credevo che non avrebbe più parlato e si preparasse a ritirarsi in cabina « il mio racconto si intreccia col suo. Devo confessarle che non mi ha sorpreso molto il suo incontro con l'*Alción*, che è soltanto una coincidenza facilmente spiegabile. Quello che mi ha oltremodo incuriosito e, a dire il vero, mi ha spinto a raccontarle la mia storia, è un altro caso, questo davvero assai inquietante, perché ho avuto l'impressione che lei mi stesse trasmettendo un qualche misterioso segnale di una fratellanza segreta: ciascuno dei suoi incontri con l'*Alción* coincide con i momenti più gravi e decisivi del nostro amore. Ci furono altre tappe gioiose e memorabili, ma a Helsinki, a Punta Arenas, a Kingston e nel delta dell'Orinoco le circostanze tramarono per fare di ciascuno di quegli scali il luogo in cui il nostro destino si sarebbe definito o sarebbe sfumato per sempre. Quindi mi resta solo da raccontarle quello che accadeva all'*Alción*, e i sentimenti dei suoi armatori, ogni volta che la vecchia nave cadente le appariva quando meno se l'aspettava. Lei è l'unico testimone che deve conoscere i fatti, e merita di conoscerli. In un certo senso, che non potremo mai chiarire, lei è anche un protagonista di primaria importanza».

Iturri passò poi a spiegarmi certi particolari delle riparazioni fatte ad Amburgo e della registrazione della nave presso il consolato honduregno di quel porto. La licenza italiana era scaduta e non poteva essere rinnovata. Quando il Tramp Steamer arrivò a Helsinki, l'inverno vi si era installato con l'asprezza di cui ho parlato raccontando il mio primo incontro con il cargo. Warda mantenne rigorosamente la promessa. Appena la nave ebbe attraccato, salì a bordo in compagnia delle autorità portuali. Salutò il capitano con una stretta di mano e si rifugiò nella sua cabina mentre i funzionari verificavano i documenti sul ponte di comando. Liberatosi degli intrusi, Jon tornò in cabina. Warda era stesa sulla branda e guardava il soffitto in atteggiamento ieratico. Un sorriso errò sulle sue labbra quando vide l'espressione del basco. La cabina era riscaldata al massimo e odorava di quel miscuglio di dentifricio, dopobarba e oggetti in pelle caratteristico di certi ambienti strettamente maschili in cui regna un ordine militaresco. «Vieni, dammi un bacio e non fare quella faccia. Resterò qui tutto il tempo in cui la nave sarà a Helsinki. Suppongo che tu non abbia nulla da obiettare, vero? Superstizioni tipo quella delle donne a bordo e tutte le altre sciocchezze...». Iturri le spiegò che non c'erano obiezioni del genere, essendo normale che sui Tramp Steamers il capitano viaggiasse con la moglie o un'amica che passava per tale. Lo preoccupava l'evidente scomodità del posto, la mancanza di spazio e di certe condizioni indispensabili per ospitare una donna. Ma, più ancora, lo incuriosiva molto la preferenza per l'*Alción* a scapito dei lussuosi alberghi di Helsinki, che avevano fama di essere i più confortevoli del Nord Europa. Avrebbero ben potuto alloggiarvi insieme, meglio che nella sua cabina un po' tetra e poveramente equipaggiata. Warda gli spiegò di aver preso quella decisione per varie ragioni: «Prima di tutto,» gli disse «non sopporto questi nordici. Hanno un che di bambole di pezza dai gesti umani che mi spaventa. Bevono male, mangiano male e, per quel poco che ricordo di una fugace relazione che ho avuto, amano con tutti i sensi di colpa tipici dei protestanti. Figurati che effetto può fare questo a una che è nata a Beirut». E poi voleva togliersi il capriccio di vivere con lui a bordo, di vederlo lavorare lì, nelle manovre di carico e scarico: era un Jon che non conosceva. «Ho portato i vestiti adatti, non preoccuparti. Va tutto bene» aggiunse anticipando una possibile obiezione dell'amico. Infine, le sarebbe piaciuto molto visitare con lui i bar e i piccoli ristoranti del porto, nei quali doveva esserci un'atmosfera ben più accogliente e rilassata di quella degli alberghi che le ricordavano gli edifici delle pompe funebri californiane trasferiti sull'Artico. Iturri era ormai affascinato dall'idea, e lo disse a Warda: sarebbero andati a ritirare il bagaglio al terminal dell'aeroporto, dove lei lo aveva lasciato, e si sarebbero sistemati sulla nave.

I giorni di Helsinki traboccarono di ottimismo e furono una conferma dell'esperienza di Lisbona, la cui pienezza avevano creduto irripetibile. Fare l'amore nella branda e dormire insieme in quell'esiguo spazio li costringeva a una serie di acrobazie che suscitavano risate incontenibili. La loro relazione si consolidava nell'accordo chiaro e fermo di non gravarla di ulteriori conseguenze né cercare di avviarla verso un impegno duraturo. «Finché dura, sarà così, com'è adesso. Non potrà essere in altro modo ed entrambi lo sappiamo bene. L'importante è cercare di non modificare la situazione e non permettere che altri intervengano per farlo. Dipende da noi, e non parliamone più, perché è un discorso, oltre che noioso, inutile». Così lo definì lei mentre cercava di ingerire, con qualche riserva, un filetto di renna cucinato con erbe della tundra e spruzzato di vodka finlandese ghiacciata e aromatizzata con pepe e zenzero. Si erano affezionati a una piccola taverna del porto, con un gran camino di maiolica al centro di una minuscola sala e sei tavoli ai quali servivano due donne in età matura, molto sorridenti, che parlavano solo finnico – e avevano quindi un potere assoluto nella composizione del menu. Quando Jon la vide mandar giù, uno dopo l'altro, i piccoli bicchieri di vodka trasformata dal congelamento in una specie di torpido olio, le ricordò che nel bar dell'albergo, il giorno del loro primo incontro, si era astenuta dal prendere qualsiasi bevanda alcolica, come suo fratello Abdul. «È quella» gli spiegò lei con una serietà quasi dottorale «la chiave del problema mio e di molti musulmani: una sottomissione superficiale a precetti con cui ci abituiamo a scendere a patti e l'oblio di certe verità essenziali». Lui osservò che in quel momento la vedeva bere alcol senza alcuna riserva. Quello che lei rispose Jon lo avrebbe ricordato poi come un primo avvertimento, passato allora inosservato: «Sì, ora bevo vodka e faccio l'amore con un *rumi*, ma ogni giorno mi sento più estranea e indifferente all'Europa, e capisco meglio i miei fratelli che si recano alla Mecca senza sapere né leggere né scrivere, senza conoscere il vino e rassegnati alla dannazione del deserto».

Dopo Helsinki ci furono altri incontri. A Le Havre, a Madera, a Veracruz e a Vancouver. Warda si era abituata a vivere con Jon nella cabina, durante le soste nei porti. Non visitavano quasi mai le città ed erano soliti vivere, come nella capitale della Finlandia, nei ristoranti e nei bar del porto. L'ingresso di Warda in quei locali era uno spettacolo che si ripeteva ogni volta secondo un identico copione. Quando la ragazza appariva sulla porta tutti i clienti si voltavano a contemplarla in un silenzio quasi religioso. Poi seguiva un'ondata di mormorii che si andava spegnendo a mano a mano che la coppia si concentrava nella conversazione senza badare ai presenti. Rimaneva soltanto, allora, uno sporadico e discreto volgere di sguardi verso Warda da parte di qualcuno che non riusciva a resistere all'attrazione di una simile bellezza. Quello che divertiva Jon era il modo, sempre lo stesso, in cui lei reagiva all'attenzione della gente. Arrossiva leggermente e si concentrava ancora di più nel colloquio con l'amico, come cercando di sfuggire alla curiosità altrui. Jon non colse mai in lei il minimo sguardo né il minimo gesto, che indicassero la consapevolezza o l'intenzione di valersi del significativo sbigottimento che causava. Era come se tutto ciò accadesse in un'altra dimensione del mondo, alla quale lei si sentiva del tutto estranea.

La relazione fra i due amanti continuava secondo i criteri da loro stabiliti fin dalla prima volta in cui avevano fatto l'amore nell'albergo di Lisbona. Avevano trovato degli espedienti scherzosi, un codice di parole e di carezze che condividevano con invariabile simultaneità e che serviva loro per eludere qualsiasi allusione a un impegno futuro. Il massimo, su quel terreno, era fissare il porto dell'incontro successivo. Trascorsero così più di un anno, finché Iturri arrivò a Punta Arenas.

Avevano deciso di incontrarsi lì: Warda voleva accompagnarlo in un viaggio nei Caraibi da lui organizzato grazie a certi vecchi amici che aveva nelle isole. Erano tragitti brevi, molto ben pagati e con carichi facili da maneggiare. Quando attraccò al porto costaricano trovò, invece di Warda, Abdul Bashur che lo aspettava appoggiato a una grossa bitta di ormeggio. «Per la verità,» commentava Jon «la presenza del fratello di Warda, per quanto inattesa potesse sembrare in quel luogo così lontano dai suoi affari abituali, non mi sorprese molto. Conoscevo abbastanza i levantini per sapere che, presto o tardi, avrebbero voluto indagare sulla condotta della sorella minore. Era come un principio tribale al quale non sfuggono nemmeno i più europeizzati. L'atteggiamento di Abdul fu riservato ma cordiale. Salì sulla nave, ispezionò insieme a me le stive e la sala macchine, e nel complesso si mostrò soddisfatto dell'*Alción*. Quando mi fece notare lo stato realmente disastroso della verniciatura, gli spiegai che in qualsiasi cantiere avessi portato la nave, ne avrei paralizzato l'uso commerciale per almeno un mese, e che se avessi affidato il lavoro all'equipaggio durante la traversata sarei stato costretto a ingaggiare più personale. In entrambi i casi il rendimento economico sarebbe sceso sensibilmente e non avrebbe raggiunto il minimo fissato dall'altro proprietario della nave. L'avevo già spiegato a Warda e lei non aveva fatto obiezioni. Bashur mi guardò con un misto di curiosità e di ironia. Poi mi invitò a salire con lui a San José mentre la nave veniva caricata. Doveva incontrare un paio di clienti, torrefattori di caffè. Avremmo pranzato in città e nel pomeriggio io sarei tornato a Punta Arenas. La sera stessa lui avrebbe preso l'aereo per Madrid. Diedi istruzioni al nostromo e partii con Bashur verso la capitale. Era evidente che voleva parlarmi della mia relazione con sua sorella, e quel viaggio in macchina doveva essergli sembrato una buona occasione per farlo. Infatti, mentre guidava l'auto noleggiata all'aeroporto, orientò la conversazione, con somma prudenza e finanche con una delicatezza di cui seppi essergli grato, sull'argomento che gli interessava. Prima di lasciarlo continuare gli comunicai, con una franchezza forse brutale ma a mio parere necessaria, che Warda e io intendevamo mantenere la nostra relazione al livello e nei termini in cui allora si trovava. Era una cosa che avevamo stabilito con assoluta chiarezza. Ciascuno dei due era libero di decidere come meglio gli sembrava, senza che questo provocasse da parte dell'altro proteste o recriminazioni di alcun tipo. La cosa sembrò riuscire gradita a Bashur, che fece poi alcune osservazioni sul modo in cui la sua gente vede quel genere di problemi e sui tentativi di emancipazione femminile in Medio Oriente. Nulla che io non sapessi già, ma lo ascoltai con attenzione perché sentivo in lui come un desiderio di scusarsi per quella intrusione nelle nostre faccende. Poi fece un accenno al carattere molto particolare di Warda. Fino a poco tempo prima si era dimostrata la più remissiva delle sorelle, manifestando scarso interesse per ciò che poteva offrire il mondo occidentale. Ma nello stesso tempo, poiché era la più riservata, fantasiosa e sensibile delle tre, Abdul aveva giudicato naturale e sensato il suo desiderio di fare un'esperienza europea. Secondo lui, mi disse in tono confidenziale e come a darmi una prova della fiducia che mi dimostrava, Warda sarebbe tornata in Libano e avrebbe finito per essere la più musulmana della famiglia. Fu allora che pronunciò una frase destinata a ripercuotersi profondamente sulla nostra sorte, quella di Warda e la mia: "La vostra storia durerà finché dura l'*Alción*". Non risposi nulla, ma un lieve senso di panico mi attraversò da capo a piedi. Sapevo che Bashur aveva ragione, lo sapevo dal primo istante in cui mi ero accorto che sua sorella aveva smesso di vedermi come un socio. Quella sentenza inappellabile incombeva da sempre sopra le nostre teste. Dopo un lungo silenzio, riuscii a dire soltanto: "Sì, forse ha ragione. Ma è anche vero che questo, nel presente assoluto in cui ci siamo imposti di mantenere la nostra relazione, non vuol dire granché". Bashur alzò leggermente le spalle e cambiammo argomento.

«Lo accompagnai agli incontri di lavoro che aveva in programma a San José e pranzammo a Rías Bajas, in un piacevole ristorante con una magnifica vista della valle in cui è adagiata la città. Il menu cercava, con relativo successo, di ricreare l'inimitabile magia dei piatti galiziani. Accompagnai Bashur all'aeroporto e lì ci salutammo. Stringendomi la mano, mi mise l'altra sulla spalla e mi disse con calorosa sincerità: "Abbia cura della nave come se fosse il suo angelo custode. Buona fortuna, capitano"».

Quando Iturri tornò a Punta Arenas Warda si era già installata nella cabina. Era arrivata poco dopo Abdul. Li aveva visti da lontano sul ponte di comando e aveva aspettato che si allontanassero per salire sulla nave. «Sospettavo che sarebbe venuto. Per questo ho preferito lasciarvi soli. Abdul ha molto del cavaliere errante. Ci siamo voluti un gran bene. Sarà implacabile negli affari ma come amico è esemplare. È un po' come un santone. Il Gabbiere, che da qualche anno sta con lui e con la triestina, sostiene che una volta o l'altra, se Abdul va alla Mecca, lo requisiscono per santificarlo in vita».
Il giorno seguente salparono verso Panamá per entrare nei Caraibi. Jon mi ricordò che Warda gli aveva fatto notare, partendo da Punta Arenas, uno yacht che li aveva incrociati all'uscita del porto, a bordo del quale una donna spetta-

colosa, con il bikini più ridotto che avesse mai visto in vita sua, diceva loro qualcosa in spagnolo. Jon si rallegrò che la sua amica non capisse bene quella lingua. Tornando da San José, le aveva immediatamente riferito la sentenza con cui Bashur legava il destino del loro amore a quello del Tramp Steamer. Poiché la donna del bikini aveva espresso i suoi dubbi sul fatto che il cargo fosse in grado di arrivare a Panamá, Warda, che superstiziosa non era ma fatalista sì, avrebbe messo in relazione queste parole con quelle del fratello, e le avrebbe prese come una nefasta conferma. «Meno male» mi disse «che il destino non tesse sempre reti tanto fitte ed è più benevolo di quanto gli venga generalmente riconosciuto».

Per Warda la crociera nei Caraibi fu la rivelazione di un mondo pieno di affinità e di coincidenze suggestive che risvegliavano la sua sensibilità levantina. «Da queste parti doveva scorrazzare Sindbad» esclamava, inebriata dal clima delle isole, dalla vegetazione esuberante e sempre in fiore, e dal miscuglio di razze degli abitanti, così simile a quello che ribolle nel Mediterraneo orientale. Per più di sei mesi percorsero in lungo e in largo le Antille e i porti di terraferma. Paralleli all'entusiasmo di Warda si manifestarono due fenomeni concomitanti: la struttura del Tramp Steamer cominciò a cedere e a dare infine segni evidenti di stanchezza, mentre una nostalgia del suo paese e della sua gente cominciava a struggere l'animo di Warda, facendosi più precisa a mano a mano che lei si familiarizzava con le meraviglie dei Caraibi. I due fenomeni comparvero in modo subdolo. Ma non rientrava nel carattere di

Warda dissimulare i propri sentimenti. Quando infine si rese conto che qualcosa stava cambiando in lei e che le immagini, i ricordi e la nostalgia del Medio Oriente affioravano non solo nei suoi sogni, ma anche nella veglia, ne parlò subito con Jon. Questi aveva già notato certi sintomi abbastanza vaghi e accolse la confessione dell'amica con rassegnato fatalismo. Prima di Kingston, ultima tappa del viaggio nei Caraibi, ebbero una lunga conversazione. Così Iturri mi riassunse le parole di Warda: «Credo sia arrivato il momento di tornare al mio paese e di rivedere la mia gente. Ci vado senza nessun proposito definito, senza nulla di previsto. È qualcosa che sento nella pelle, tutto qui. Sono giunta, per tappe successive, a varie conclusioni: non voglio essere europea o, per meglio dire, non potrei esserlo mai; una vita itinerante, simile a quella che abbiamo vissuto in questi mesi e anche prima, con intensità minore, la sento come qualcosa che mi logora dentro, che mina le correnti segrete che mi sostengono e che sono legate alla mia gente e al mio paese; sei l'uomo con il quale ho sempre pensato di poter vivere, hai le qualità che più ammiro, ma cammini ormai da molto nella vita e niente si può più cambiare». Jon non seppe resistere alla tentazione di farle la domanda che, da quando esistono gli amanti, viene inevitabilmente ripetuta: «Ma questo vuol dire che non ci vedremo più?». Warda gli rispose subito con un sussulto così spontaneo e sincero che Iturri si sentì un nodo in gola: «No, perdio! Non si tratta di questo. Adesso non potrei nemmeno sopportare l'idea di non vederti più. Devo rimettere i piedi a terra, ma ti porto con me. Tu mi capisci, lo sai quanto me. È una cosa di cui non voglio parlare». Queste ed altre riflessioni analoghe furono argomento di conversazioni sempre più fitte a mano a mano che si avvicinavano a Kingston.

E qui Jon cadde in uno dei suoi interminabili silenzi. Era evidente che gli costava fatica riandare con la memoria all'addio in Giamaica. Fu così riservato su questo episodio che non è facile metterlo per iscritto. Credo che una frase, in mezzo a spiegazioni stentate e a particolari ripetutamente evocati, rifletta molto bene il suo stato d'animo: «Quella nave sbandata e quasi in rovina che lei vide al molo di Kingston è il miglior ritratto dello stato d'animo del suo capitano. Non c'era rimedio per nessuno dei due. Il tempo riscuoteva i suoi crediti. I giorni del vino e delle rose erano finiti per entrambi». Warda salutò Jon all'aeroporto di Kingston. Prendeva un aereo per Londra e lì un altro diretto a Beirut. L'ultima cosa che gli disse, tenendogli il viso fra le mani e guardandolo con la fissità di una sibilla, fu questa: «A Recife avrai mie notizie. Lasciami mettere ordine dentro di me e verrò a trovarti di nuovo». Jon tornò al cargo come annientato, ma insieme con una rassegnazione al suo destino molto vicina allo stoicismo, e più ancora alla iberica acquiescenza ai decreti degli dèi.

I suoi programmi includevano un tentativo di riparazione della nave, anche solo provvisorio, nei cantieri di New Orleans. Avrebbe poi toccato il porto di La Guaira per caricare macchinari destinati all'esplorazione petrolifera e diretti a Ciudad Bolívar, e da lì sarebbe andato a Recife con un carico di legname. La diagnosi delle officine navali di New Orleans fu alquanto pessimista. La riparazione dell'armatura dello scafo e delle stive sarebbe costata un prezzo insostenibile e gli ingegneri non davano piena garanzia di successo, date le condizioni del resto della nave. Il costo della verniciatura della superficie esterna dell'*Alción* era più alto del valore nominale del cargo. La recente revisione alle macchine dava alla nave un margine di vita che i tecnici non erano in grado di precisare. Jon dovette rassegnarsi a dimezzare il carico per non forzare le fiancate dello scafo e le pareti delle stive. Per questa ragione, quando arrivò a La Guaira, poté accettare solo una parte dei macchinari che lo aspettavano sui moli.

Il rimorchiatore si era lasciato alle spalle la regione paludosa e aveva imboccato l'ultimo tratto del fiume prima di arrivare al porto. Fin dai tempi della Colonia, questa parte viene dragata per facilitare il traffico, intensissimo, fra le varie città della costa caraibica, unite fra loro da un canale che, partendo da un'ansa del fiume, conduce alla Villa Colonial, celebre per la sua eroica resistenza agli attacchi dei pirati nel Cinquecento e nel Seicento. La traversata di quelle sterminate paludi è di una monotonia opprimente – ma devo confessare che quella volta non la avvertii affatto. La storia del capitano Jon Iturri aveva assorbito totalmente la mia attenzione, e poiché trascorrevamo le notti in coperta per continuare la nostra chiacchierata, dormivamo per quasi tutto il giorno nelle cabine, dove l'aria condizionata ci offriva un refrigerio artificiale, un po' da obitorio, ma di indubbio sollievo in zone come quelle. L'ultimo tratto del fiume era arginato da muri a secco lungo entrambe le sponde e dava l'impressione di entrare in un canale simile a quelli che in Belgio e in Olanda percorrono il paese in tutti i sensi. Ci restavano due giorni di navigazione prima di arrivare al porto. La penultima notte Iturri propose di rispettare le nostre abitudini e di passarla svegli. La sua storia era arrivata all'epilogo – quell'epilogo di cui, senza saperlo, ero stato in parte testimone. Ci eravamo installati in coperta fin dalle nove di sera. Le giamaicane ci portarono una grande brocca con la miscela di *vodka amb pera* su cui galleggiavano dei pezzi di ghiaccio per mantenerla fresca. Jon cominciò il suo racconto con una voce impersonale e opaca che indicava una certa riserva, una certa difficoltà, del resto spiegabile ora che la storia volgeva alla fine: «Lei conosce le foci dell'Orinoco. Un dedalo infernale, in uno dei climi più logoranti che io ricordi. Inoltre, a quell'epoca, la regione era semiabbandonata, e la mancanza di risorse cominciava ad essere allarmante. Io non c'ero mai stato, mentre il nostromo algerino e il pilota sembravano avere familiarità con il posto. Il pilota era di Aruba e aveva risalito il fiume varie volte fino a Ciudad Bolívar, dove avremmo dovuto scaricare i macchinari. Non mostrò grande preoccupazione di fronte alle difficoltà che la carta nautica anticipava in tutti i dettagli. "La sola cosa da temere" spiegò "sono le improvvise piene del fiume nel periodo delle piogge. La corrente trascina grandi banchi di fango, radici e tronchi che possono ostruire il passaggio in pochi minuti. Ma da Ciudad Bolívar la radio del porto annuncia sempre l'arrivo di queste fiumane. Procederemo con cautela. Non si preoccupi". Fu allora che incominciai a preoccuparmi. So bene cosa significa in questi paesi la frase: "Non si preoccupi". Va intesa così: "Se succede qualcosa non c'è nulla da fare, quindi non vale la pena di preoccuparsi". Arrivammo di notte davanti a San José de Amacuro e decisi di gettare l'ancora nella piccola baia per entrare nel delta alle prime ore del mattino seguente, con la luce del giorno. Piovve tutta la notte. Il pilota ci rassicurò spiegandoci che questo non significava che stesse piovendo anche nell'interno, dove l'Orinoco riceve le acque dei suoi affluenti in piena. Alle cinque del mattino cominciammo ad addentrarci nel braccio del delta che la carta indicava come il più praticabile. Lì incrociammo l'*Anzoátegui*. Continuava a piovere a dirotto. Avevamo la radio sintonizzata sulla stazione del porto che, in effetti, trasmetteva periodicamente notizie sulle condizioni atmosferiche nella regione. Alle otto e mezzo venne annunciata una prima piena senza nessun pericolo per le navi che stavano entrando: aveva deviato in un braccio che alimentava delle ampie distese di mangrovie. Pochi minuti dopo la trasmissione si interruppe. Laggiù all'orizzonte, in corrispondenza del luogo in cui avevamo calcolato si trovasse la città, cresceva un cumulonembo dalla solita forma a incudine, dal quale partivano lampi quasi ininterrottamente. Avanzavamo con lentezza nello stretto canale parzialmente segnalato da boe. A un tratto la nave cominciò a tremare, prima in modo quasi impercettibile, poi con maggiore intensità, facendo vibrare le lamiere dello scafo fino a produrre un fragore assordante. Il pilota annunciò che era una piena ma, a giudicare dal modo in cui arrivava, non sembrava trascinare banchi di fango. Il nostromo non si mostrava altrettanto fiducioso e ordinò all'equipaggio di prendere alcune precauzioni e di tenere pronte le scialuppe di salvataggio. All'improvviso la nave urtò contro qualcosa sul fondo e si trovò bruscamente girata di traverso, subendo così in pieno la forza della corrente. Ordinai di mettere le macchine a tutta forza per cercare di raddrizzarla, ma quando stavamo per riuscirci un urto brutale ci fece sbandare in modo tale che le eliche cominciarono a girare a vuoto, del tutto impotenti. Fermai le macchine e tutti salirono in coperta. La nave imbarcava acqua a scrosci. Si era spaccata a metà su un grande banco di fango e vegetazione che aumentava a vista d'occhio. Una delle scialuppe di salvataggio era rimasta schiacciata sotto il cargo. Ci sistemammo alla meglio nell'unica superstite e la corrente ci allontanò in un vortice di fango e di pioggia. Per fortuna lo stesso banco contro il quale aveva cozzato l'*Alción* tratteneva l'impeto dell'acqua. Mezzo miglio più avanti riuscimmo a controllare la scialuppa. Il Tramp Steamer, investito dalla corrente, si sfasciava a scossoni sotto i nostri occhi. Era come vedere un animale preistorico fatto a brandelli da un avversario ubiquo e vorace. Alla fine si spaccò in due pezzi, che si allontanarono ciascuno verso un'opposta riva e in un attimo sparirono nei profondi canali che normalmente si formano per l'erosione della corrente sul letto malleabile del fiume. Alle sei del pomeriggio arrivammo a Curiapo. Le autorità ci ospitarono nel presidio militare e mi permisero di chiamare gli assicuratori a Caracas, cosicché potei prendere i provvedimenti necessari per rimpatriare l'equipaggio. Così è finito il Tramp Steamer, ancora presente nei suoi sogni... e nei miei».

Rimasi un attimo in silenzio. Pensavo quanto avesse ragione Iturri a dire che ero stato testimone dei momenti decisivi della storia dell'*Alción* e del suo capitano. Lo ero stato a tal punto che avevo visto il cargo poche ore prima del naufragio quando, a bordo del guardacoste venezuelano, aspettavamo che ci lasciasse un varco per uscire in alto mare. Quella notte non volli chiedere altro. Ne restava ancora una prima di arrivare. Del resto non era difficile intuire come fosse finita per lui. Non tanto per soddisfare la mia curiosità, quanto per dargli la possibilità di esorcizzare i fantasmi che dovevano torturare la sua anima di basco introverso e sensibile, gli feci promettere di raccontare, la notte seguente, la fine della sua storia. «Le storie» mi rispose «non hanno fine, amico mio. Quella accaduta a me finirà quando finirò io, e chissà che allora non continui a vivere in altri esseri. Domani riprenderemo la conversazione. Lei è stato molto paziente. So che ciascuno di noi si trascina dietro la sua parte di inferno sulla terra: perciò le esprimo la mia profonda gratitudine per l'attenzione con cui mi ha ascoltato – come diceva mio nonno che faceva il maestro a San Juan de Luz». Quando mi passò davanti per andare nella sua cabina, intravidi sul suo volto un'ombra cupa, che lo faceva sembrare più vecchio. La luna piena si posava sui suoi capelli creando un effetto di biancore che rendeva più patetica quella visione di repentino invecchiamento.

Allorché, la notte successiva, ci ritrovammo nella piccola coperta, si scorgeva già all'orizzonte il riflesso delle luci del porto. Quell'impressione come di un incendio immobile imprimeva alla scena una drammaticità inattesa. Iturri andò subito al cuore dell'argomento. Mi sembrò che volesse finire rapidamente la sua storia sorvolando un po' sui particolari della propria disavventura. In quella circostanza, come del resto aveva fatto sempre, evitò qualsiasi espressione che potesse essere interpretata come autocommiserazione. Non vi era in questo, ne sono certo, il benché minimo orgoglio. Lo faceva soltanto per pudore, per quella che i francesi del Settecento chiamavano con eleganza *gentillesse du coeur*.

«Gli assicuratori mi convocarono a Caracas per esaminare la polizza dell'*Alción* e indennizzare l'equipaggio e gli ufficiali. Da lì inviai a Warda e a Bashur un telegramma ciascuno per informarli del naufragio. Per prudenza, rimasi qualche tempo ad aspettare una risposta. Il loro ermetico silenzio cominciava a preoccuparmi. Intanto, l'idea di andare a Recife stava diventando così ossessiva da non abbandonarmi più un solo istante. Aveva assunto ormai un carattere di assillante ineluttabilità. Qualunque fosse stata la decisione di Warda riguardo al futuro, mi era insopportabile pensare di non rivederla. Il saluto a Kingston non poteva essere definitivo. Mi si accumulavano nella mente tutte le cose che non le avevo detto durante la nostra vita in comune. Allora mi erano sembrate poco importanti e quasi non necessarie; i nostri gesti, la nostra intesa erotica, il nostro condividere simpatie e avversioni rendevano superflue le parole. Adesso queste esercitavano di nuovo il loro dominio, la loro incalzante pressione. Erano gli anelli che avrebbero creato un vincolo nuovo, o prolungato quello già esistente partendo da altri elementi. Il risultato fu che, sbrigate le pratiche in Venezuela, presi un aereo per Recife. Conosce Recife?». Gli risposi che c'ero stato due volte e che conservavo immutato il ricordo di quella città tra portoghese e africana che aveva per me un incanto indefinibile. «Attraeva molto anche me le prime volte in cui vi feci scalo con una nave cisterna che trasportava materiale chimico proveniente da Brema. Ma in quella circostanza la bellezza stessa della città, il fascino dei suoi ponti, delle sue piazze e dei suoi edifici, tutti leggermente erosi e sul punto di crollare, contribuirono a rendere ancora più intollerabili i giorni che passavo lì in attesa di notizie da parte di Warda. Notizie che mi ostinavo ad aspettare spinto più dal desiderio e dall'ansia che per ragioni reali e tangibili. Lei mi aveva detto che ci saremmo visti lì, ma nelle sue parole era implicita una riserva su quello che sarebbe successo al suo ritorno in Libano. Mentre ricordavo, mentre ricostruivo punto per punto le sue parole e i suoi gesti, l'appuntamento a Recife mi appariva sempre più chiaramente come un'illusione, una consolazione ideata da lei per non dare al nostro congedo di Kingston la drammaticità di un addio senza rimedio. Non sapevo più che cosa pensare: quanto fosse stato costruito dalla mia immaginazione, senza altra base che i miei sogni, e quanto stesse realmente accadendo. Passavo e ripassavo negli alberghi in cui supponevo potesse alloggiare Warda. Diventai un personaggio originale e perfino sospetto a barman e portieri. Mi vedevano entrare e scuotevano negativamente la testa con un sorriso in cui la compassione cominciava a farsi più evidente ed era ormai mescolata a un lieve fastidio, simile a quello che provocano in noi i maniaci o i dementi. Arrivai a odiare la città e ad attribuirle la colpa di tutto. Il caldo si era fatto insopportabile, e io non mi preoccupavo di cercare un nuovo lavoro – di cui avevo invece bisogno con una certa urgenza, dato che i miei fondi cominciavano a esaurirsi. L'assicurazione avrebbe liquidato la totalità della cifra solo l'anno seguente e dopo una minuziosa indagine sul naufragio del Tramp Steamer.

«Finalmente all'ufficio postale mi dissero che c'era qualcosa per me. Era una lunga lettera della mia amica. Non gliela leggerò. Non contiene nulla di cui lei ed io non abbiamo parlato: solo che leggerla ad alta voce, data la fluida naturalezza della sua scrittura, sarebbe un po' come sentire la voce di lei. Non potrei sopportarlo. Gliela posso riassumere. Warda mi descrive il suo arrivo in Libano e il suo essersi immediatamente adattata all'ambiente sociale e familiare. I suoi sogni europei e di altro genere erano svaniti, e avevano perso ogni ragione e ogni consistenza. Rimanevano i sentimenti che la univano a me. Erano intatti, ma su di essi non si poteva costruire nulla: sarebbe stata inevitabilmente un'esperienza disastrosa, che avrebbe ridotto la nostra relazione a un groviglio di rimproveri taciuti, di colpe e di frustrazioni dissimulate. Quel che accade sempre, insomma, quando si parte da una visione distorta della realtà e si scambiano i propri desideri per verità inoppugnabili. Non sarebbe venuta a Recife e non pensava di rivedermi in nessun altro posto. Le rincresceva tremendamente che il naufragio del Tramp Steamer avesse interferito con la sua decisione di restare a casa e di sottomettersi alle leggi e ai costumi della sua gente. Poteva sembrare che si fossero compiute le parole di Abdul: non era così, e io non dovevo pensarlo. La nave, bisognava ammetterlo, era in condizioni tali da poter soccombere in qualsiasi momento. Era quasi un miracolo che avesse resistito così a lungo, compiendo un'impresa tanto superiore alle sue forze. Seguivano poi alcune considerazioni sulla mia persona e sulle virtù e le qualità che Warda mi attribuiva, evidentemente magnificate dal ricordo dei giorni felici trascorsi insieme e dalla nostalgica consapevolezza che non ci saremmo incontrati mai più. Non ho mai avuto molto successo con le donne, credo di annoiarle un po'. Lei aveva visto in me, forse, un certo ordine, quella distanza che mantengo per proteggermi dagli uomini e dalle loro sciocchezze, tutte cose che a Warda furono di immensa utilità per dissipare le sue elucubrazioni europeizzanti. Con me aveva imparato che gli esseri umani sono identici su tutta la terra, ugualmente mossi da passioni meschine e da gretti interessi, tanto effimeri quanto simili ad ogni latitudine. Avendo ben salda quella convinzione, il ritorno al suo mondo diventava facilmente prevedibile e dimostrava una maturità rara in una donna dei nostri giorni.

«A Recife accettai di condurre una nave cisterna a Belfast, dove sarebbe stata riparata, e così tornai alla solita routine, quella di prima dell'incontro con Bashur e il Gabbiere ad Anversa. Ma Warda aveva riempito la mia vita e le fibre più segrete del mio corpo a tal punto che la sua assenza ha lasciato un vuoto che niente potrà mai colmare. Gliel'ho già detto all'inizio: assolvo come un automa la funzione di continuare a vivere. Mi abbandono alla bizzarria degli eventi, senza cercare consolazione o sollievo nel disordine che spesso presentano per ingannarci. Mi rendo conto che la storia che le ho raccontato può apparire semplice e scontata. Se avesse visto Warda anche solo per un istante, se avesse sentito la sua voce, capirebbe che tutto ha un senso molto diverso. Era come un'apparizione inconcepibile, che non si può descrivere a parole, e solo conoscendola riuscirebbe a misurare l'immensa fortuna di essere stato al suo fianco e la tortura inaudita di averla persa».

Com'era ormai nostra consuetudine, rimanemmo in silenzio per più di un'ora. All'improvviso Iturri si alzò dalla sedia, mi diede una lunga e calorosa stretta di mano, e cercando di supplire con quel gesto alle parole che il suo ancestrale riserbo basco gli impediva di pronunciare disse soltanto: «Non so se domani ci vedremo. Devo scendere molto presto per presentarmi ai moli e imbarcarmi sul cargo belga che mi porterà fino a Aden. È stato un grande piacere conoscerla e sapere che la sua simpatia per il povero Tramp Steamer che le apparve

a Helsinki ci unirà per sempre. Buonanotte».
Gli risposi con qualche frase impacciata. L'intensa, improvvisa commozione che il suo saluto mi trasmise non mi consentì di dirgli cosa aveva significato per me conoscere l'altra parte della storia dell'*Alción* e del suo capitano. Quando andai a dormire spuntava l'alba. Verso mezzogiorno l'auto della compagnia sarebbe venuta a prendermi. Prima di sprofondare in un sonno di cui avevo urgente bisogno, riuscii a meditare sulla storia che avevo ascoltato. «Gli uomini» pensai «cambiano ben poco, anzi rimangono sempre gli stessi: tanto che dal principio dei tempi esiste una sola storia d'amore, che si ripete all'infinito senza perdere la sua terribile semplicità, la sua irrimediabile sventura». Dormii profondamente e, contro le mie abitudini, non sognai cosa alcuna.

GLI ADELPHI

ULTIMI VOLUMI PUBBLICATI:

380. Carlo Dossi, *Note azzurre*
381. Georges Simenon, *Maigret e il produttore di vino*
382. Andrew Sean Greer, *La storia di un matrimonio*
383. Leonardo Sciascia, *Il mare colore del vino*
384. Georges Simenon, *L'amico d'infanzia di Maigret*
385. Alberto Arbasino, *America amore*
386. W. Somerset Maugham, *Il velo dipinto*
387. Georges Simenon, *Luci nella notte*
388. Rudy Rucker, *La quarta dimensione*
389. C.S. Lewis, *Lontano dal pianeta silenzioso*
390. Stefan Zweig, *Momenti fatali*
391. *Le radici dell'Āyurveda*, a cura di Dominik Wujastyk
392. Friedrich Nietzsche-Lou von Salomé-Paul Rée, *Triangolo di lettere*
393. Patrick Dennis, *Zia Mame*
394. Georges Simenon, *Maigret e l'uomo solitario*
395. Gypsy Rose Lee, *Gypsy*
396. William Faulkner, *Le palme selvagge*
397. Georges Simenon, *Maigret e l'omicida di rue Popincourt*
398. Alan Bennett, *La sovrana lettrice*
399. Miloš Crnjanski, *Migrazioni*
400. Georges Simenon, *Il gatto*
401. René Guénon, *L'uomo e il suo divenire secondo il Vêdânta*
402. Georges Simenon, *La pazza di Maigret*
403. James M. Cain, *Mildred Pierce*
404. Sándor Márai, *La sorella*
405. Temple Grandin, *La macchina degli abbracci*
406. Jean Echenoz, *Ravel*
407. Georges Simenon, *Maigret e l'informatore*
408. Patrick McGrath, *Follia*
409. Georges Simenon, *I fantasmi del cappellaio*
410. Edgar Wind, *Misteri pagani nel Rinascimento*
411. Georges Simenon, *Maigret e il signor Charles*
412. Pietro Citati, *Il tè del Cappellaio matto*
413. Jorge Luis Borges-Adolfo Bioy Casares, *Sei problemi per don Isidro Parodi*
414. Richard P. Feynman, *Il senso delle cose*

415. James Hillman, *Il mito dell'analisi*
416. W. Somerset Maugham, *Schiavo d'amore*
417. Guido Morselli, *Dissipatio H.G.*
418. Alberto Arbasino, *Pensieri selvaggi a Buenos Aires*
419. Glenway Wescott, *Appartamento ad Atene*
420. Irène Némirovsky, *Due*
421. Marcel Schwob, *Vite immaginarie*
422. Irène Némirovsky, *I doni della vita*
423. Martin Davis, *Il calcolatore universale*
424. Georges Simenon, *Rue Pigalle*
425. Irène Némirovsky, *Suite francese*
426. Georges Simenon, *Il borgomastro di Furnes*
427. Irène Némirovsky, *I cani e i lupi*
428. Leonardo Sciascia, *Gli zii di Sicilia*
429. Nikolaj Gogol', *Racconti di Pietroburgo*
430. Vasilij Grossman, *Vita e destino*
431. Michael Pollan, *Il dilemma dell'onnivoro*
432. Georges Simenon, *La Locanda degli Annegati*
433. Jean Rhys, *Il grande mare dei sargassi*
434. W. Somerset Maugham, *La luna e sei soldi*
435. Tommaso Landolfi, *Racconto d'autunno*
436. William S. Burroughs, *Queer*
437. William Faulkner, *Luce d'agosto*
438. Mark S.G. Dyczkowski, *La dottrina della vibrazione*
439. Georges Simenon, *L'angioletto*
440. O. Henry, *Memorie di un cane giallo*
441. Georges Simenon, *Assassinio all'Étoile du Nord*
442. Pietro Citati, *Il Male Assoluto*
443. William S. Burroughs-Jack Kerouac, *E gli ippopotami si sono lessati nelle loro vasche*
444. Gottfried Keller, *Tutte le novelle*
445. Irène Némirovsky, *Il vino della solitudine*
446. Joseph Mitchell, *Il segreto di Joe Gould*
447. Vladimir Nabokov, *Una bellezza russa*
448. Mervyn Peake, *Tito di Gormenghast*
449. Michael Confino, *Il catechismo del rivoluzionario*
450. Olivier Philipponnat-Patrick Lienhardt, *La vita di Irène Némirovsky*

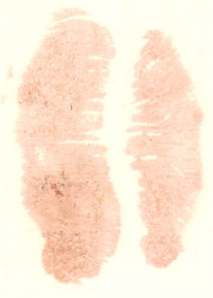

STAMPATO DA L.E.G.O. S.P.A. STABILIMENTO DI LAVIS

GLI ADELPHI
Periodico mensile: N. 115/1997
Registr. Trib. di Milano N. 284 del 17.4.1989
Direttore responsabile: Roberto Calasso